不要錯過行萬里路或讀萬卷書的机會。

無論哪一種旅行，

我們都得以超越「此時此地」的局限。

懷著感激去旅行，你會找到人間愛。

帶著虔敬去旅行，你會看到天地美。

蔡穎卿

寫于三峽．台北．

有爱意的人生真好看

旅行私想

蔡颖卿 著

北京时代华文书局

Contents

目录

Contents

目录

简体版自序

带着爱意去旅行

简体字版把我的《旅行私想》加了一个新书名——《有爱意的人生真好看》，我觉得新书名替这本书做了一次更完整的诠释；的确是这样的，人生所见的好看都从眼睛收镜，但如果心中没有美感或爱意，就不会产生“真好看”的感受！

一个多月前，我应台东文化局之邀回故乡演讲。隔一早，我又去了这本书书封照片上的那片海滩；不同的是，这次旅行有好几个家庭与我同行。虽是如此，清晨海边下沙滩玩的，却只有我和两个被我拉着跑的小朋友，我们踩水踏浪，尽情地与大海欢聚了一个早上，而其他的人，都在远处谈着话，站在海风吹拂的卵石上观日景。

他们到此一游已满足，而我则需仰天触地，感受日光的沐浴，饱吸风与浪的气息才畅快，因为我的心神已顺着时光的隧道又回到了童年。这就是每一个人对旅行不同的期待与感受；这也是同一个地方，不同的人写出的游记，能呈现自己可观角度的理由。

在我的心中，最有心情的游者，莫过于那个在大雪夜喝了酒，读了诗之后，张罗着小船从山阴出发去寻友的王子猷；一趟旅行，如果能够“乘兴而起，兴尽而归”那真是身心的丰富之旅。而丰富的旅行，又有哪一次不是因着个人的爱意而出发，又带着体悟天地有爱的感谢而返回的呢？

这本书，在华文书局编辑的用心之下即将在大陆出版，这等于也是我的心情与文字的另一趟旅行。但愿在这趟出发中，我能幸运地遇到您，能与您共享我所知道的天地之美，与带给我温暖的人情和善。

蔡颖卿于台北三峡

2018年1月17日晨

自序

旅行的意义

旅行时，我们从心灵往外望，看见别人的生活与身外的世界。

我从旅行中学到最重要的一件事，是对相遇的美景与好事都心怀感谢，但不能眷恋；一生眷恋心，去了一地就想要搬去一地。这种愿望当然多半都不会实现，但比愿望落空更遗憾的，是在不知不觉中失去了对原有生活安定的感受；而安定，是一种从心灵环境看到自己的美。也许，我们一再出门旅行，就是为了寻找这样的看见。在一次又一次的旅行过后，感觉到自己与波澜无惊的生活竟有着一种天长地久的诚恳相守；一种糟糠生活绝不相弃的真情。

如果旅行不是专指为游玩而出门，那我的旅行经验可算很早。四十四年前，我十二岁时，每学期得从偏僻的东部搭乘远东航空公司的飞机去台北住校上学。搭飞机之前，还有一段颠簸的旅程，是搭公路局从成功镇到台东市。那一路，我多半都因为要离家远行而伤心地哭着。如今许多游客为之神迷的海岸风光，当时对我来说全然没有任何景观欣赏的意义，跟我中年之后，再驰车迎风而行，走在同一条路上，去东管处看自然壮阔的海景，是全然不同的两回事。因此，我相信人与旅行的关系，在地理风情、在离开或返回的舟车行脚之外，还有着更复杂又个人的喜怒哀乐。这些情感使每个人在谱写自己的旅行之歌时选用了不同的曲式、不同的符号，因而使同一地的故事有了繁美的心声曲调。

在这本书里近四十篇长短不一的感想中，我刻意避开了旅游信息的部分。因为有很多人专为旅行者提供正确详尽的数据，我那井中观天的旅游知识如果放进书里，正如献曝的野人那样的少见多怪。

这是我的第十五本书，也是我在书中呈现出最多生活隐私的随笔集。我曾为此考虑再三，但后来，我认为这个“私”字如果单指向“一已”而不是“私密”，那么,“私”刚好给这些图文对照的旅行记录一个很好的藩篱，标志出我从旅行中学到的最重要的一种思想——尊重。尊重天地、尊重旅地的居民与当地的风俗习惯，尊重接待的店家或供应旅行生活所需的所有活动；尊重所遇到的旅行者，也希望得到他们的尊重。

一个地理上的旅者来说，不是每一个地方都有重返的机会，也不是重返一地就能保有当时游历的心情；而生命旅途，除了记忆之外，更没有逆旅重来的可能。我似乎愈来愈懂得，为什么千百年来，人们总喜欢把人生与旅途用来彼此譬喻，借用说明。

于是，我决定心情要向前，要更向前，朝着未知的旅途一路欢歌，乘兴畅游。因为，我已经是一个对人生有一定经验，也对旅行的意义有所掌握的生命旅者，我绝不能辜负天地与光阴对我的宽怀与恩赐。

辑一

跟着回忆 去旅行

不是，我是失败的人

儿时玩伴传来一张我们十二岁一起在台东金樽海边拍下的照片，那张照片引动了我的思乡之情。隔一个星期，我回到了出生之地——成功镇。

台东海边的太阳不吹嘘，清晨五点半，热情已经遍撒整个沙滩。那随浪而前推后拉的一段，水温竟比山溪流入海的水更热了几分。还好四点五十分起床后，我已见到天光。Eric毕竟不是成功镇的孩子，他对五点前的东海岸没有正确的认识，看到已经起床整理的我，他躺在床上问："四点多会不会太早？"

会不会太早？这真是在西门町长大的孩子才会有的疑惑。他们不知道五十几年前，东海岸从黑夜开始，白守莲的鱼苗妇已吟唱着数苗，工作了好几个小时。他们也不知道天还未亮的成功金樽海边，渔船已经出海去巡视几天前的置网可有收获。我们简单梳洗后，带了一杯冲泡咖啡往海边去，虽不想惊扰民宿的主人，可是那四只狗与两只猫却没有放过我们。

先是小猫点点与溜溜，它们从昨晚熟识之后就领前跟后，直到晚餐烤肉时，猫狗还想来掺一脚。主人只好关的关、抓的抓，我们才能好好享受两个人的晚餐。没有想到猫咪真的是很喜欢我们呢！一早开门，点点与溜溜已等在门口。它们有礼物相送！是一只断了尾的壁虎。遗憾的是，我一看，惊吓得退后。溜溜好像很失望，它衔着壁虎转身就往高脚屋下的园子里一跳，不知把壁虎藏到哪里去了。但午前离开时，壁虎又端放在我们的房门口。它很勇敢地试了第二次，我们也很有礼貌地收下厚礼。

几只狗一早起床大概是饿了，它们对我手中端着的咖啡虎视眈眈，不断扑上来要跟我同享。我在担心搅醒民宿主人的清梦，与担心咖啡泼洒出来烫到狗儿，和Eric“小心！小心！”的叫声中突围进了车内。一边看着小径两边树上一大群跳闹的猴子，一边喝尽杯中的咖啡。车过小径，海滩已在眼前。

在成功镇生活了十二年之后，我就去台北念书了。再踏上这片金樽海滩，我已年过五十。不可思议的是，这竟是我第二次来到此地。先前知道金樽的美，但在成功镇的时日，父母亲忙于学校的教务与砖厂的工作，没有时间带我们到金樽野游。从家里走几步路就能到的内港，才是我们熟悉的泳池。

我脱了鞋，踩在细致闪光的沙滩上，冲积在礁石边的水塘上，一个个都是育婴中心，有好多小鱼已经显现了身上漂亮的斑纹。我想起童年时，当妈妈忙于工厂的事务，我有时只好在课后去新港中学等爸爸放学。我最喜欢的事，是蹲在港中旁边的一条大水沟或溪水旁看那些大肚鱼，但是，大肚鱼哪有这些鱼宝宝来得漂亮？

走过长长的沙滩时，我跟Eric说："你知道在这里最适合读哪一本书吗？"他笑着对我说："诗。"我摇摇头说："不，是林白夫人的《来自大海的礼物》。"望着纵横交错，缓缓卷曲的透明水浪，我庆幸自己曾经为这本书而写下《我想学会生活》。但也许，我庆幸的是，自己因为林白夫人而能在中年时深刻反省过生命与生活的真义。

在沙滩上来回走过一趟之后，太阳已经又爬高了一段天。太阳本身的热与亮并不是最可敬畏的，使东部太阳更具神武的是大海对他的臣服。才只是清晨七点不到，从海面反照出来的光闪烁而刺眼，让人不能不觉得天地的宽阔与自己的渺小。

Eric真情流露地对我说，他如果不是因为娶了我，绝不会跟海有这样接近的时候。但我想起，我们也有很多跟海接近的机会：三十年前的蜜月旅行，不就是先在夏威夷待几天才去华盛顿的吗？我们也有好几年的夏天是在旧金山度过的；东岸大西洋城的沙滩与木栈道也不是陌生的地方，为什

么只有回到成功镇，他有了这样的感受？我踩踏着沙滩，看水从足迹踩下的坑中迅速地冒了出来，心中猜测着，他也许是因为我不断对他说起的童年旧事而一并引发了多感的中年情怀。

离开沙滩时，时间还很早，我们考虑着要回民宿还是去港边。想到昨晚睡前，林先生说今天要送太太去成功镇上课，我们已约好八点多再吃早餐，那就决定先去港边走走吧。虽然，我的裙子已经因为玩浪而湿透了，但这样的阳光与返乡的热情，一下子就会把所有的湿气都晒干。

到金樽渔港时，四周一片宁静，海天一色只被防波堤划开。我看到两位老先生在钓鱼，一时好玩，我去请教他们哪里可以买鱼。这不是好点子，因为我们没有任何准备，买了鱼也带不回去。但不在这里买点鱼货就好像这趟返乡之旅会有缺憾。

钓鱼的老先生指着才进港的一艘船说，去那里，他们如果有鱼，你就可以买。我对还在车上拿相机的Eric遥遥挥了挥手，示意他走另一条路去船边跟我会合。离开时太兴奋了，我回头对钓鱼的两位老先生说："祝你们钓到很多鱼。"这些与大自然悠游共处的人不知为什么特别有幽默感，他们缓缓地回道："钓鱼的人最怕听到别人说这种话。"我无法分辨那黝黑的皮肤是因为阳光，还是因为种族；我也无法分辨他的口音是因为久居东部，还是因为母语的影响；我更无法分辨这种让人心情轻快亲切的幽默，是因为台东的山海，还是因为血脉的传承。我只想回头再看看跟我讲话的人，想分辨出他们是原住民，是绿岛人，还是汉人。但怎么样也无法从压低的帽檐与最能透露讯息却被粗框镜框遮蔽大半的脸上，轻下任何判断。

我快步走向船停靠的另一侧时，Eric也从车边绕远路走到了。我听到岸边一个人对船上唯一的船夫说："很不错嘛！还盖棉被！"船上的人则正经八百地答道："就算只有一条，也是要盖棉被的。"太阳太大了，不盖着被或被子上不泼水，"鱼获"很快就死光。但我好奇的是，那暗红、打湿的薄被下，到底带回了什么？

被子掀开后，迎目看到的只是一堆乱七八糟的白网，但网下隐隐有着微微的挣扎。定睛一看，原来是七八只大小不同，花纹也不同的龙虾，还有四五条鱼和一只显眼的螃蟹。哇！那船上的渔夫操起螃蟹，直接折断它的两只钳就往前方水桶一丢，又把剩下的身体往海中丢。他正做着这些事的同时，刚刚在岸上问渔获的那个人已经跳下船去帮忙了，他从一堆交缠的网中帮助那几只龙虾脱身。我看着他们工作，问可不可以买龙虾？又问，这些鱼哪一种最好吃？其中一个人头也不抬地说："认识都认识不完，哪有时间每一种都吃过？"我想想也对，自鸣得意地指着最远处的鱼问道："那是不是石头鱼？"这时，刚刚缓步走过来坐下的两个年长者似乎很高兴我也认识鱼呢。其中一个带着微笑，在口中放入一个槟榔，他轻言轻语，又好像要跟我透露一个秘密，或教导我一件很重要的事那样的微屈着身体探前说："这是一种很戽斗的鱼啦。"

谈笑间，他们问我从哪里来，我说自己五十几年前是在成功镇出生的孩子。比较沉默那个渔夫突然很不以为然地说："那你很老了耶，这样说出自己年龄不是没有身价了吗？"现在，我们因为这个话题而比较熟悉了，于是我又问："你们都是成功的人吗？"完全没有想到的是，那个手也快、口也快的渔夫立刻回答说："不是，我是失败的人！"一阵笑闹后，我知道他们一个是东河人，一个是成功镇的人，而两位坐在岸边的长辈都

已经超过八十岁了。阳光与海风使他们个个的皮肤都黑里透亮，而他们待人的热情跟工作的优哉，也跟太阳与海风一样彼此照拂，没有冲突。我问起几个资深的成功镇人，他们全矢口否认与其中的谁有过相识，理由很简单：“因为你要跟我买龙虾，所以我谁都不认识。”原来我怕欺生想靠熟的心情已早早被识破。

八点前，我们回到民宿时手上拎着三只龙虾。我请主人代我们煮熟，一路用冰块护着带回台北。这当然不是最好的办法，但至少是一点都不假的海上鲜。我把其中最大的一只煮成龙虾粥送给了经常馈赠我们面包的邻居简先生。海的味道随着不断滚煮的粥飘散在家里的每一个角落。

在回程的路上，我回味着在港边听闻的话语和见到的画面。想起那老者把槟榔放入口中时的陶然，和他递一颗给船上那健谈的渔夫时，渔夫接过的开心。我转头看手把在方向盘上的Eric，问他可知道《齐民要术》中有说到槟榔?

槟榔，三月花色，仍连着实，实大如卵。十二月熟，其色黄；剥其子，肥强可不食，唯种作子。青其子，并壳取实曝干之，以扶留藤、古贲灰合食之，食之即滑美。亦可生食，最快好。交趾、武平、兴古、九真有之也。

我一边说着在《齐民要术》里看到的文字，一边在童年忆往中想起家里砖厂。工人曾因为我对吃槟榔感到的好奇，而想逗我吃那在口中鲜红如血的“忘忧果”。

虽然那片在芝田的砖工厂已只剩断壁残垣，但一趟临时起意的返乡之旅，却使我确定儿时的旧忆并不因岁月的匆匆而褪色模糊。

记不起来与忘不掉的事

记忆中的景物包含了生活过的情感，所以它们就总是呈现出一种让人忘不掉的清晰。但这种清晰又因为缺少了真正的数字，或依据的只是相对初浅的了解，所以，他们的真切中又同时矛盾的可说是记不起来情与事。

知道记不起来，是因为听到自己的描述在回忆中既清楚又模棱。清楚确有此景、此物、此事，但顺着回忆走的路上如果岔路分歧时，又两可到没有把握要往哪里去才是真正的来处。我想，一定有不少人在中年之后刻意启程一段返乡之旅，只为了证实自己的记忆怎么跟自己过不去、这样不吻合。而知道不吻合的理由，往往都是因为当自己在桃花春风正吹得陶陶然，走在自谓经过旧不迷的来时路时，突然有个交叠于那时那刻的同学或老乡，突然提出了反对的声音。尽管那人跟自己年龄仿佛，记忆的松散程度也仿佛，但因为自己并没有把握，自我疑惑便成了一种包容的美德。“回去确认看看吧！”在心中对自己喃喃叮咛，返乡之旅变成了急切的理由之一。

是姐姐把我逼回童年家乡，去看清楚我们那个镇的真实尺寸。但，那几趟的确认，却使我自己发现了那小得不可思议的生活范围，显现的是我童年人际关系与生活中的寸寸紧密与真实。

就姐姐对记忆的说法上看来，我是我们家里最幸福的幺女。除了因为小她五岁，家境与社会都比她小时候进步了很多之外，连在教育上，老天都对我特别垂爱。我是家里唯一不用走远路去上三民小学的孩子。我一年级就是离家不远的成功小学的新鲜人，而姐姐至今年过六十，仍不能原谅小朋友要走这么远的路去读三民小学的事实。当我问道："三民小学算很远吗？"她对我不能以童年幼力的同理心所提出的问题，感到十分无知与气愤："当然很远！"她在电话那头这样喊道，让我有一种错觉，好像美国的圣荷西就在隔壁。如果我再有丝毫的质疑，姐姐就要随时骂过街来了。

三民小学有多远，成功小学有多近，镇上的街道有多长，市场的米苔目有多好吃？等隔了几十年后再重返，我才发现，所有记忆都是与实寸不相符的。我以为很远那个微微上坡才能走到的同学家，竟然就在几十步之遥。而且，那坡也不算太斜，小时候我却觉得自己与人群这样远离，那是孩童心里的寂寞距离吗？但踏过每个熟悉的旧地之后，我更不确定在年光的改变中，我所记得的是错的，或在想不起来的模糊里，淡掉的印象只是因为幼稚的心灵对片段的事物没有理解的能力？

但有一个记忆魂牵梦萦地绕着我，为此，我曾再三询问童年的友伴，她家那道檐下面对前庭、有着玻璃窗与美人靠的长座到底有多长？为什么我总记得三四个孩子还有大人可以同坐在那里乘凉说话。这样的容身之处必然不短，但那个房子有这么大吗？当我这样追问着友伴时，竟尺尺寸寸地逼着她去追想早已空着没有人住的老家：“有超过两百五十厘米吗？有……”

我也不知道，人在中年里计较的是那尺与寸之间差失的回忆能力，还是在永远忘不掉也想不起的精确中，不想遗忘的童年旧梦。

永泉
NO 36

儿时记忆，故人往事

我走在成功镇路上时，突然有一个强烈的念头，觉得无论如何都要从这里写一封信寄给已经住在高雄好几年的爸妈。

爸爸从成功镇调到台东当校长时，我已经去台北上中学了。虽然一直到大学，每年都回到台东过寒暑假，再加上结婚后回娘家，这样加起来算，我在台东的年数是远远超过在成功的十二年的。但是，我对台东的感情却远远不及这个旧名“新港”的成功小镇。在我刚刚离家适应着各种思乡病时，我每个星期都写信回家，从淡水八里圣心女中写回的一封封平安家书上，收信的住址是：台东县成功镇有恒路1号。

我自己很踏实地想着，“有恒为成功之本”，而我们家的住址是1号呢！

新港曾在日据时代名为“小凑”或“成广澳”，但这些都不在我先前的了解中。我知道这些信息是回到家乡，读到地方因为一度的旅游发展因而历史被掀起的知识。在那十二年的记忆中，我所熟知的生活是，成功虽然远不及都市，但也比现在要繁华好几倍。

前不久住在圣荷西的大姐打电话与我聊天。她两个月前回来看爸妈，曾特地回花东去一趟。我本来要陪她，没想到病了一场，只好取消所有行程。还好童年挚友美卿带着姐姐，仔仔细细地把台东、成功都好好走了一遍。姐姐在电话中说："你知道吗？你是我们家唯一一个在成功镇怀胎长大的孩子，是真正的成功宝宝噢！"我一听，眼泪差一点落了下来。妈妈说，我出生的那个九月，新港有大台风，被台风扫开的门差一点就打到了足月待产的肚子。看来，我不只是个成功宝宝，还是个台风宝宝。

想给爸妈写信的念头在第一天过去并没有完成，第二天回到镇上时，又立刻回到脑中。这个镇如今这样没落，我去港中与成功小学附近转转，没有看到一家文具店或书局，但主街上有7-11和全家超商。我想，就去全家看看有没有卖信纸吧。店员告诉我说，只有信封没信纸。我请问她镇上可还有任何文具店，她指着斜对面说："那里就是！"跨街走过，拉开滑门进去时，柜台没有人。再环顾左右，我看到一位背向着入口在包粽子的长辈，她的右边摆了一碗红豆泥，红豆泥的左前方堆着浅黄色的米。我问候之后告知想买信纸，那位长辈只出声没有抬头地指点我去哪个角落找。我穿过层架拣选信纸时，想起自己小时候是多么地喜欢现在手上拿着的航空信笺，那薄似洋葱或蝉翼的透明纸已是我童年的一种眼界。

在印刷这么进步的时代，不敢相信我拿起的信纸封套上却连套色都没对准。看起来极度晃动的字，中英对照写着“Air Mail”与“高级航空信笺”之间，一架德航的班机占据了主要的画面，以图再度强调航空的实义。

品质看起来年代久远的封面，一打开却是让我惊喜交加的浅蓝信纸，压行的垫纸一边横、一边直，正是我们小时候最高级的信纸配备。我拿了信纸要结账，看到老板娘压着膝盖辛苦地起身，我问道：“您在包碱粽吗？碱粽好难包呢！”她起身回头时，我虽觉得眼熟，但不敢确定是相识的长辈，她笑着说：“练习就不难！我做这个也只是为了不要痴呆。”我好奇地问，店在镇上开很久了吗？她说从1973年就在，但是从另一条路上搬过来的。我想起来了。小时候，成功镇只有两个店与书和文具有关，一个是哥哥们爱去的，有漫画书的文具行；另一个是卖书和文具的文林书局。站在我面前的是从小看我长大的张妈妈，她的先生也是港中的主任，是爸爸的同事，我们也曾在搬去校长宿舍前一起在宿舍区生活过一段时间。她一听到我是蔡校长的女儿，竟一口就叫出“蔡颖卿”三个字。在成功镇那十二年，所有认识我的人都把我的“颖”念成二声“迎”，张妈妈也是这样呼唤我。那一刻，我对这个已经很少听闻的呼唤感到既陌生又亲切。

谈起小时候，张妈妈问我有没有去找戴立忍，又问起我小时候好多的友伴

可都有联络。我说，只有美卿一直没有断线。张妈妈就说起她的一儿一女，很开心地告诉我他们各自的成就。张筱云是转学生，小我一届，小时候就很优秀，后来的发展更耀眼。但因为我们不同级，小时候相处的时间也不多，我虽然有一些记忆，却不深刻。看着柜台前张筱云在报上的照片，我还在回忆中努力地寻找跟她交叠的影像。离去前，我想起应该请张妈妈转达对筱云的问候，但张妈妈很和缓地对我说："这些都过去了，都过去了。筱云已经不在了，她四十几岁得了乳腺癌在德国去世，比她的爸爸还早一年离开。"我惊讶得不知道该怎么接话，但张妈妈只亲热地牵着我的手说："叫你先生停车，我们中午去聚餐，去聚餐。"我因为就要离开北归，不能不辞谢她的好意，只紧握她的手说："下一次，下一次一定好好聚聚。"握着那一双虽然比爸爸年轻十岁的手，我想起上一代早年在成功镇为生活努力的许多悲欢岁月。离开店里，我回头挥别特地在门口送我的张妈妈。感念她仍然坚守着小镇的生活，仍然为成功镇开着书局，心中突地升起了一股复杂的意念。

归去来兮，田园将芜胡不归！

新港、新港

“纯真年代”是很久之前的一部电影，片子拍得很美，恩雅（Enya）重唱的一首老歌*Marble Halls*虽然只安排在一个过场，但我因此而对Newport（新港）有了很深刻的印象。Abby上十一年级那年，文学课堂上在讨论伊迪斯·沃顿（Edith Wharton）的作品，那一阵子，Abby也迷上了《纯真年代》（*The Age of Innocence*）这本小说。当我跟她说我看过这部小说改编的电影时，她也非常想看，但我们一直租不到这部片子。 Eric总是默默无言地聆听着女儿的希望，他知道孩子想看后，便心心念念，只要出门一看到有卖影片的店家，无论如何都要进去问问。如果没有，就再问可不可以代买或代订。几个月后，终于让他买到香港发行的VCD，一圆 Abby读完小说可以比较电影的美梦。

美国的新港就这样从一本小说，一部改编的电影里的地名，占据了我们印象中的一角。它之所以特别引起我的注意，想来只是一个没有太大意义上的巧合：我的故乡在我小时候还沿用着地方自治前的旧名，习惯上通称为“新港”。后来，因为台湾还有彰化与嘉义两县有新港，因此，一九四六年行政区从乡改为镇时，同时更名为“成功”。

我的故乡“新港”，简朴美丽地静处在太平洋上，伊迪斯・沃顿小说中，十九世纪那些上流阶级避暑的圣地“新港”突出在大西洋的半岛。它们之间隔着整整一片北大西洋与一整个北美洲。或说，它们之间隔着亚欧非洲大陆和一整个北大西洋。总之，那是极其遥远而不相干的两个同名之地。

如果不是Pony在二〇〇八年到罗得岛念书，我不知道自己会不会因为电影而特别到Newport一游。人生有些际遇似乎就是如此，发生的事虽不曾在预料中，但也并非陌生到完全没联结的线索。从抵达普罗威登斯（Providence，罗得岛州首府）之后，我脑海中就一直浮现一九九四年发行的“纯真年代”中的场景。那些十九世纪往来于纽约、波士顿的人们在Newport的避暑大屋如今的风貌可曾凋零改变。

Pony新生训练过后就开始正式上课。三年前，我们有了送Abby去宾大上学的经验之后，知道自己不能再像个幼儿园小朋友的父母亲那样，守在校园等孩子哭着出来找我们。新生训练从来都是要操练父母的放心，所以，我们每天就以Providence为据点，当天往返，到附近的城市去逛逛。

这天一早，我们搭巴士到 Newport去。抵达后，有各线的 trolley可以到处去玩。艾森豪威尔和肯尼迪也曾以 Newport为避暑地，所以，新港又有夏日小白宫之称。古迹保留得很好，老房子很多，每一驻足都让人流连。所以，原本打算走马观花先浏览一下新港，没想到博物馆转一圈、在大理石山庄盘桓一下，转眼就过完将近一天。再回到海边时，海天之间闪烁着一片艳红，新港那有名的夕阳美景出现在我们刚刚走出百年华屋还在调整年光错觉的眼前。

饱餐过晚霞美景与新港的龙虾之后，我们在月光下乘船而归。几百人座的渡船上竟然只有四个人。另一对夫妻因为自己有车停在码头，所以船上的工作人员特地来询问我们，抵达后需不需要巴士接送。这些车、船都属于罗得岛的公共交通局，是配套的服务，如果我们不需要，也许这一趟车就不用出了。但我们没有租车，于是询问者立刻安排发车。

抵达Providence，一部大公交车和亲切的司机已在等候。车行约十分钟，我们回到了肯尼迪广场。司机送我们下车时，穿着短袖的他，在如水的凉夜里微微哆嗦了一下。他和气地开口说："天气渐渐变凉了。我们已经到肯尼迪广场了，希望你们有个愉快的夜晚！"

我们下车时谢过他，也祝过晚安后，在月光下散步走回饭店。

回头一望，但见另一栋大理石的建筑——罗得岛的州政厅也在月夜下庄严宁静地矗立眼前。这个城市小而美，她的宁静似乎稍微缓解了我们又一次必须放手的张皇。愿我们的女儿在这个小城里展开使她成熟并愉快的成长。

Antiques
빈대떡

青鳞仔

和家人一起去首尔是我订的饭店。通常全家旅行时，这个决定权不可能落在我的头上。理由一是，哥哥的工作与旅游业有深厚的关系，他比我相信推荐。理由二是，我们大家向来尊重他。记不起为什么这趟旅行的饭店是由我来选的，但旅游回来之后，我可以自夸地说，我做了一个皆大欢喜的选择。

我们兄妹都是从年轻就经常出门的人，无论以商业行程或休闲旅行的角度来看，都亲身经历了旅游质量急剧改变的几十年。从首尔回来后，大家对这家饭店都没有争议地给予真心的赞赏。饭店泳池与三温暖的空间设计、清洁度与人员细心的维护，是我这些年来难得一见的。

我们只要大家庭一起出门旅行，行程就一定比各小家庭自己出门更为散漫、更没有计划。尤其在爸妈都过了八十岁之后，旅行慢慢走，晚上不远行是我们出门的基本准则。不规划太细的行程不只是考虑爸妈不能健步急走，比这还要更困难的原因是，我们家庭中每一个成员都有强烈的主见，又有不同的喜好，要一一满足大家的需要很不容易，不如把旅行当作是离家在外相聚的另一种形式。否则，如果由爸爸来主导，我们的行程应该会是：大学、图书馆、小吃摊。由妈妈来计划就是早上七点出游，博物馆、景点，天黑前回饭店。慢慢地，我们琢磨出一种比较好的方法来，出门旅行绝不跟团，到当地再租车，晚餐尽量利用饭店的餐厅，如果晚餐决定出门也绝不走远；这样，至少还可以在一天的行程之后先回房间梳洗之后再好好享受晚餐。

所幸，我们在全家人对旅行并不相同的期待中还有一个一拍即合的目的地——当地市场。所以，在首尔那几天，我们除了去梨花大学和几个景点之外，也没有错过南大门、东大门和广藏市场。有一个晚上，妈妈和我们聊天时，说起她好几十年前来首尔旅行曾走过的一些地方。大家决定隔天请饭店帮我们包一部七人座的车，随兴逛。

负责开车的司机是一位看起来不多言语但态度诚恳的中年人。由于年龄的关系，他可以说大致流利的日文，这对喜欢探问风土人情、社会民生的爸妈来说就太有帮助了。也因为谈话很投契，妈妈就请司机先生带我们去找找哪里有卖新鲜海味的渔港。希望能在那里享用一个丰盛的午餐。

我们起意时已经晚了，到达港边，买卖已经散市，但货色还颇多，代客烹调的店家也没有特定的午休，所以我们就优哉地好好地逛了一下范围不小的渔市。对这一类传统市场感兴趣的不只是他们买卖的商品，我更喜欢探访专门供应给工作区吃喝的店家。因为，在这样的供应中可以感受到的不只是国情的基本差别，还有一地与一地的人对生活趣味的想法。

我因为开过几十年的餐厅，天未亮就热闹紧张的大市场对我来说是再熟悉不过的情景。出门旅游能看到另一个国家的工作者用什么样的心情与情调过日子，别有意义。好比说：东港渔市或台南小东市场散市后，工作人员会用维大力调米酒喝，这个东方的鸡尾酒习惯用白色塑料杯装，喝完也许再吐上几口槟榔汁，然后丢在一堆菜叶垃圾堆中。在欧洲的传统市场，我看到工作结束的人们也一样爱喝调酒，只是他们会用玻璃杯装。

在台北滨江蔬果市场或内湖花市，纸盒便当、塑料袋装的面点在欧洲市场换成了纸包的三明治或盘上的比萨。而热闹喧嚣、努力工作之后的饱食之道，在首尔仁寺洞的市场中则很有趣地用清楚的形式写下休止符。摊上的物品会暂时用大布象征性地遮盖起来，表示暂停营业。几层的搪瓷便当盒一一打开，如果不是自己带便当，由小食店外卖的餐点，也是用一个大盘托着盘盘碗碗盛着的汤饭与小菜。不可侵犯，也不受打搅地表达着“吃饭皇帝大”的生活派头，显示着人生无分贫富的精神公平是自己挣来的。或者说，是自己营造起来的气氛。

포홍어

在渔港市场一条长道穿过另一条长道大饱眼福时，哥哥已偷偷地躲过妈妈的阻止，大肆采买了几袋螃蟹和鲍鱼。我跟爸爸在另一头好兴奋地发现了小时候住在成功镇时才吃得到的“青鳞仔”。这种鱼，肉甜美但刺好多，最好吃的方法是利用发酵，使它的酯味尽情地发挥。妈妈的做法是用味噌腌鱼，熟成后再蒸来下饭。吃这种鱼因为怕被细刺鲠到，下箸时都要用极眼力，入口时更是小心。光是这样的一心一意，就已经达到了饮食与人相对忘情的境界。我们有个叔公自二十几岁离开台东已有五十几年，只要一提到母亲的“青鳞鱼”，脸上总露出无限怀念的表情，口齿生香的记忆很难被流逝的岁月冲淡。

那天的青鳞鱼，我们入乡随俗的问了韩国人的吃法。因为这鱼味道很鲜，但刺很多，所以韩国人一般是截刺横切成细片，再拌姜醋酱油生吃。诚实地说，这样的吃法远远比不上小时候母亲腌过后再蒸的做法。但那一天，我们还是很欣赏卖我们鱼的鱼贩，在处理的过程中所展现的卫生习惯与细节的讲究。虽然我并不特别喜欢韩国商品与他们表现在商业上的美感，但我很赞赏韩国人让人无法忽视的清洁感和他们的生活派头。那当中有一股很勤奋，也很有主见的生活力量。

爸爸与镜头

爸爸拍的照片很少是成功的，我指的是他晚年之后掌镜的作品。

事实上，爸爸从很年轻时就接触摄影。在我还未出生的时候，妈妈说台东永乐街的家里已经有暗房，爸爸会自己冲洗照片。妈妈学生时代因为代表高雄女中跟屏东女中赛球而认识彩英阿姨，终身结为至交。彩英阿姨也是年轻时就爱摄影，听说后来我们家冲洗的工具，阿姨用得比爸爸多。三十几岁后一直到六十五岁退休，爸爸因为工作忙碌已很少接触相机。等晚年有空，他对晚辈手中拿的新时代产品有了一点敌意，也很陌生。但两个女婿都很爱摄影，他对他们简直有点烦，怎么相聚的时候，他们的相机从不离手?

爸爸很喜欢相机、显微镜、罗盘这些东西。但不知道为什么，我们会给他买显微镜，买放大镜，买各种各样的罗盘，却没有人送他一台相机。我们不送他相机的理由跟整天阻止他吃蛋的心情似乎有一点接近，好像大家都不怎么信任爸爸。

记得好久好久以前，爸爸曾经想要接受新式简便相机。有次姐姐一家跟我们一家在圣荷西的公园烤肉，爸爸想帮我们大家拍个合照，因为他对照相这件事的观念与众不同，一是绝不以猎物的眼光捕捉镜头。两家大大小小十几个人在游戏与享食中要成军已是不易，但爸爸的基本要求是照片中的每一个细节都要很清晰完美。所以一群像小猴般的孩子们在过久的对焦中终于溃不成军，一哄而散。从此，大家对爸爸的两件事开始敬而远之：一是阿公要照相，二是阿公的祷告。

爸爸到现在还没有受洗，但十几年前开始，妈妈就对他传教。起先爸爸是不肯的，因为他说自己心中的神只有我当时已经过世的祖父母。但，慢慢地，他也会去教会。我感觉所有属于宗教的生活活动，爸爸最喜欢出声祷告。

我认为爸爸之所以不排斥祷告的原因，是因为他难得有发言的机会。平日家中有我们几个爱说话的孩子们和口才流利的妈妈，非常不善言辞的爸爸在年轻时很不爱说话，更不爱社交活动。他老了之后才开始了解交谈的快乐，每次才要细细回想，娓娓道来之际，反应快、记忆好的妈妈总会拦截在前说：“这个我来说比较清楚。”但谢饭祷告不一样。妈妈因为急于让爸爸早一点进入教会生活，只要爸爸愿意开口祷告，她很乐意让出这个讲话的机会。

爸爸的祷告真太有趣了，完全符合陈之藩谢天的概念和畅所欲言的自由。我们在圣荷西那天，不只拍照因为对焦太久而群情躁动，谢饭祷告时，也因为族繁不及备载而烧焦牛排。原因是，爸爸实在是很好的一个人，他真心感谢我们能齐聚在美国的恩赐，又在这样一个晴天丽日中享受美食。于是，就从姐夫家的家人提起，再谈到我的夫家，又想起哥哥们不能同来。总之，话还没讲完，我们就先闻到烤肉架上阵阵催人的焦味。这次，是我那凡事精明务实的母亲先从庄重的谢饭祷告中不顾一切地抽身，于是我们全都呼应而上。原本围聚成圆圈低头的众家人，只剩还在点名的爸爸两掌交握，一片真心诚意地代替我们大家感谢这丰盛的一餐。此后，每到重要聚餐，大家似乎比较期待由妈妈来带领祷告；她会根据当天桌上的食物宜冷宜热来决定祷告词的长短。

爸爸看着大家拍照也难免有手痒难耐的时候。但他终究是很客气的人，只有过几次问我们借相机，或建议要帮我们拍几张照片。但，就如我一开始提及，爸爸拍照很少有成功的作品，这有可能是八十几岁的眼睛不够好，更有可能是因为紧张，而且对新式相机的陌生，于是只求在匆匆按下快门前我们大家不要再一走了之。

我喜欢爸爸按下四次快门之后，才帮我跟Eric在美术馆中拍下一张清楚的照片。我更喜欢在梨花大学那一天，麻雀在后地捕捉到爸爸帮我们拍照的可爱模样。

What Are You Looking At?
A re-creation of an underground cave at Bisbee.
Miners commonly broke into such caves as they
tunneled through the orebody.

梦想不老

一个跟爸爸妈妈熟识的大学同学曾说过，我有我爸爸爱梦想的特质，也有妈妈能实践的行动力。我不知道自己是不是真的这么荣幸地从父母双边遗传了协调的性格，但我知道，人之所以能完成梦想，不只是能力与毅力的问题。比起父母，我只是很幸运地生活在一个更有资格做梦的时代。

爸爸年轻时候的梦想是去哈尔滨工业大学念书，但这个梦想完全没有开头。他后来去了日本，从日本回来之后在台湾上了大学，走上了自己完全没有想过的一条教育之路，六十五岁从中学校长的职位上退休。爸爸经常说起他曾多么想去念冶金系，但后来在大学却主修了化学。从我懂事起听说的话，和爸爸书架上的某些书看来，我可以知道金属、矿产这些事对他有一种魔力。

我对哈尔滨工业大学也很有好感，但原因跟爸爸完全不一样。我之所以对这个学校印象深刻是因为我是孙运璇院长的粉丝，而孙院长是在一九三四年以第一名毕业于哈尔滨工业大学的电机工程学系。孙院长跟孙夫人是我心目中最美丽、最情深，也最有社会责任和品德信念的伴侣。有一天我跟Eric说，要说鹣鲽情深，我只会想到孙院长孙夫人和李光耀夫妻，他们真令人羡慕。但凭良心说，李资政还是没有孙院长来得帅。我一说完，Eric就轻轻敲我的头。我想，他之所以这样告诫我，是因为他知道自己也没有那么帅。

提议要去哈尔滨的人是爸爸，但极力附和的人是我。妈妈早已去过哈尔滨，她不想再去。但后来抵挡不了我们父女的同心一意，成行时，还邀了自己的七十年老同学。我们一行九人从台北直飞大连，再以高铁继续往北。

真正踏进哈尔滨工业大学校园那天，爸爸已经八十七岁了。那个青青学子的梦虽然遥远得像人生彩虹的另一端。但是，当爸爸在阳光普照的校园地图前，花了好长的时间端详着院舍的配置。他用手遮挡住强光，用极眼力地不知在找寻什么的模样，让我想起，这不就是一个大学新鲜人的身影吗？那一刻，他想起哪些我们所不知道的青春梦？那指尖所点看的地方与散步校园时所亲见身处的系所校舍，是否交叠了他对自己年轻岁月与一生行路的回顾？

我很高兴爸爸终于到过哈尔滨工业大学了。至少，在那个心满意足的模样之下，我相信了梦想没有年龄，永远不会老去。于是，我也回头去检点我自己人生行囊中那些还未起头，但并非不可能完成的梦想。

一样生活两样情

旅行者看待任何一个地方的感想都有两种特点，一是片面，二是旁观。在同一个地方，居民心与旅客情自是不同的两种感触。而当自己以居民的身份离开，又经时日再以旅者的身份重返时，那种复杂的心情加上比一般旅客多一点的了解，也是人生的另一种况味。

片面的必然，是因为旅者的身份局部暂离了“生存”必有的负担。再多次的拜访，再打定决心想要了解的遍走，也少了居民心情上的某些条件。旅人看一地的生活很“真诚”，但永远都不够“真实”。

记得有一次，一位朋友很赞叹地说起台南。她好爱台南的原因，最主要是因为生活步调好慢，不像台北，所有的人事物那么地匆忙，让人总有整日庸碌，所为何来的疑惑。

我刚好在台南生活过十几年，听她说后就仔细想了一下，我奇怪为什么自己从来没有同感过她所体会到的那一份慢活与悠闲？在台南居住的时候，我不只要以一个工作者的身份与这个城市互动，还同时要相夫教子。繁重的工作与到处奔忙的行动，让我怎么都不会把“舒缓”跟台南联想在一起。有趣的是，我在台南生活的忙乱，也就是我的朋友在台北的日常。所以，大家是在离开自己的忙碌之后，才有了慢活的心情。这是旅客心，也是任何旅行提供给我们的精神奢侈。

从朋友谈起的台南，我懂了旅行有一种功能，是把我们从置身其中的责任、节奏、反复与烦躁中带开。它不只带开我们的身体，更带开我们的眼光。于是，我们因为有了不同的体会而有不同的心情，去结论自己对一个访地的看法。那仅仅是我们自己与这段生活的相对看见而已。

但，也不是每一个旅人在异乡都有好心情，杜甫五十几岁在夔州写《立春》时很伤感，想回家：

春日春盘细生菜，忽忆两京梅发时。
盘出高门行白玉，菜传纤手送青丝。
巫峡寒江那对眼，杜陵远客不胜悲。
此身未知归定处，呼儿觅纸一题诗。

不对眼的又岂止是景色气候，我们跟生活真正的不称意，永远都是为了现实不得不修改梦想的过程。有的是个人的不顺遂，更伤悲的是笼罩在大时代悲风里的人。陈寅恪在西南联大迁到昆明后，在蒙自写了一首诗：

景物居然似旧京，荷花海子忆升平。

桥边鬓影怀明灭，楼外歌声杂醉醒。

南渡自应思往事，北归端恐待来生。

黄河难塞黄金尽，日暮人间几万程。

诗中充满了归不得的悲情。但不管悲喜，当一个过客透过心情刻画起一地的景物，他真正描绘的已经超然于眼界所见，记下的是当时当刻与这个世界彼此羁绊的情感。听闻这样的一首首旅歌，自认有资格为一地一物评分的人们，他们的自信让人难以置信。

我有一个星期突然很想离家，但工作又使得我们那几天无法走太远。最后，我们没有往机场的方向去，而往另一个方向的雪山隧道走。开车离开三峡之后，经过的新店、安坑、石坪的山岚雾气袅绕在紧密丛生的绿树之间。蔓藤轻盈地覆在枝头上，细致俏皮地昂首迎风，柔弱中有一种完全不柔弱的生气盎然。

我好久没有绕走东北台湾了，因为是平常日，雪隧因而通畅无阻。寂静中的通畅，更让我能更完整地感觉到她的幽长。我从不在人多的时候出游，因此不曾体会过乌龟爬行于雪隧的漫长无奈。在似觉无尽的车行中，忽觉远处的光，而穿出隧道口就展望到头城镇的暗亮一瞬间，柳暗花明又一村的感觉落实为一趟旅行的经验。

往饭店走的路上，为游人旅客设置的旅店、餐厅、休闲去处密集地占据了头城礁溪主要街区。我跟Eric说，每次来到以观光为主的城镇，我总是更想看真正居民的住处到底长得什么样子，他们平日的生活又是什么样的节奏，怎么样的外貌。这一路来的变迁，多数人可感到满意？在浮出于表面街景的繁荣当中，生活的深处，是否还为多数人保存了他们各自安身立命的精神需要与生活倚靠？

进饭店安顿好之后，我打开落地纸门往外望，心里想着，暂别生活是人的需要，但在这样大量为旅游服务的地方，居民自己的需要，是否也有人好好照顾着？

我所说的好好照顾是，是否有人以合情合理的价钱、心情，彼此效力着：柴、米、油、盐、酱、醋、茶这么平凡，却这么重要的开门大事。

共游之道

因为有十二年的时间没有长住在台湾，岛内旅行对我来说反而比出国旅游更珍贵。好多风景区我没有去过，好多县市只是行程的过站。陌生之地还来不及拜见，旧地而能重游就更不敢奢望。因此，当朋友邀约要去一趟日月潭时，我心中充满了奢侈的愉快。虽然知道那两天一定还是有很多工作得做，但何妨带着工作去旅行；也许，在山明水秀之地工作起来，质量与效率会更好。

回想上一次去日月潭已经是二十几年前了！我们和新婚不久的学弟妹雪梅、瑞琪夫妻去度了一个三天两夜的湖边逍遥游；那时他们还没有孩子，而我们把孩子托给了爸妈。订的饭店因为刚开始营运，设备很新，住客很少，无论住宿、用餐、设施或服务，都细致地表达了饭店的宗旨。浮在水上的大木屋二十几年来听说已有很大的改变。

饭店随着岁月与旅人的脚步往前走，通常只有两种结果，一是在人来人往的杂沓磨损中耗损掉自己当年的意气风发，让沧桑之感停在空间的角落和陈旧的气息当中。另一种是用日日夜夜的精致维护，把穿梭过岁月所累积的识多见广，酝酿成一种新饭店永远无法营造出来的笃定与风韵。我不知道当年投宿的饭店走上的是哪一条路，因为，这次旅行的主办者不是我，而是三对夫妻朋友中一位热心的友人。

我们的日月潭之旅一开始就忧心忡忡，这是一趟乘兴计划却未能尽兴而归的遗憾之旅。

出发前一天，主办的朋友打电话说另一对朋友不参加了。因为他们夫妻一番大吵之后，太太离家出走了，到现在都还下落不明。听了真担心，我提议取消这次的旅行，但电话那头的朋友很为难地说，不行呢！她已经代垫了所有房间的费用，饭店不接受取消退款或延期。我一听就说："不要担心，我们还是照原定计划出发，也许明天他们夫妻和好之后就会出现在饭店。"电话中，我们还开玩笑说，说不定那会是他们的小蜜月之旅呢！

抵达日月潭之后，我发现自己脑中竟捡不回二十几年前曾来过的印象。是我的记忆衰退得这么快，还是日月潭这段日子以来的变化真的太多了？总之，到处都是人，湖上都是船，游客的衣彩在湖光山色之间上红抹绿，好不热闹。

进饭店安顿下来之后，离家的朋友还没有下落，更糟糕的是，听说他们家的两个孩子也还没有接到妈妈的任何电话。这使朋友间在忧虑之上更添一层不安，但我们当中谁也没有说出心中的愁绪，只想为彼此打气，就说：“既来之，则安之，好好享受大家在忙碌中特别挤出来的两天吧！”但心事重重的抑郁感像无形的罩纱那样在我们的谈话之间隐约扬动着。也许是这样，那天与客房一起提供的套餐到底有哪些菜，我现在竟一样也想不起来。

回到房里，我想借工作安顿四面张望的心思，打开计算机等待着开机时，才好好把房里的规划与陈设细细地打量一次。房间外望的景色很好，我总是起得早，期待明天清晨可以坐在阳台上看日月潭慢慢在晨光中苏醒的模样。那一夜，我睡得很差。我想有两个原因，一半当然是因为睡前还没有好消息让我们解除心中的挂念；另一半是，与床靠得太近的那只浴缸深深困扰了我。

我不喜欢室内有透明的浴室隔间，或开放在房间的浴缸。虽然我懂得这位设计者想让房客无论在阳台昼寝，在床上夜寐，或在浴缸泡澡时都能观湖看山。但是，这对我来说却很不舒服，也不大合理。睡睡醒醒翻转了一夜，我果然是天未亮就起来守着日月潭的早安。我的朋友比我起得更早，当我从阳台上俯瞰那片美丽的泳池时，她已在晨曦微探的水波中往来好几趟晨泳了。

旅行回来后的隔天，才听说朋友去弟弟家住了几天后，终于回家与先生言归于好。虽然高兴她的安然无事，心中却难免气怒。夫妻吵架意气用事是家务事，让一帮朋友为此担心到这样的地步，使他人的旅行遮云罩雾，对她担心挂念，实在是不够厚道。

这并不是我第一次感觉到朋友一起出游大不易。

二十年前，我们也曾跟两家朋友到欧洲一游。我们是直接约在海德堡见面。

Eric和我先把孩子安顿在瑞士之后，再分别与从美国和台湾出发的友伴会合。孩子小的时候，我们不喜欢带她们旅行太久，其他两家都各自带着年龄较大的孩子同行。那一路，争执不少，一为吃住的标准而吵，二为各自教养孩子的标准不同而有意见。前者触及金钱，后者触及情感。两件都是敏感事，牵动了每一个人的神经，让一趟原本应该轻松愉快的旅行变得好辛苦。

计划行程与代订所有房间的朋友一向喜欢住得好、吃得好，连水都要喝得好；从美国来的朋友却不想在旅行的吃住上过度花费。他们一到海德堡，得知房价后就反映花费太高，这让一手安排行程的朋友觉得自己吃力不讨好，很不开心。

我们是最后一对赶来会合的夫妻，正喜滋滋地要分享我们从意大利进德国转车的故事，没想到迎接的是两对吵到几乎不肯说话的朋友。一个说："他们俩收入都这么好，又不是付不起！"另一个说："付得起也没有打算这样用钱。"这些争吵后来一路影响着我们旅行的心情，在用餐与活动的决定上更犹豫不决，不知道该如何兼顾。

那次的经验让我学到两件事：一是旅行不一定要呼朋引伴、成群结队；另一是，如果决定要同行，大家应该要先讨论对预算的看法，要彼此尊重，才能找出不委屈的解决之道。

预算是个人的自由，也是应该受到尊重的想法。朋友一起出游，尊重的广度与深度会考验友谊与智慧。

辑二

世界的旅人

风里的白布，布里的精神

京都祇园花见小路这一区有很多店家。无论是茶屋、小酒馆、料理亭还是新式甜点屋，每月、每日都以工作的技术、耐力、态度在传承数量不大，但对于一个社会来说极为重要的职人精神。有不少专业程度已经不错的年轻人乐意投入这些店家的门下，花几年时间习染资深前辈的言传身教。也有不少师傅愿意把自己累积的工作经验与美感，借着严格的要求但充满期望的心情再传给下一轮的工作者。

午餐过后已经是三点的事了，花见小路上除了几家甜点屋开着之外，其他的店家拉起木门拒绝来客。这并非是外人眼中认定的午休，而是另一场身心的内战。收整工作仍在继续，工作人员聚精会神赶在上灯之前做好所有的工作准备。

一家店的后门比前门更能代表工作精神。门面是给客人的印象专区，是可

以局部收整或暂时伪装的地方；后门才是很多职场真正的修炼地，其中的景象代表了专业质量，工作者的自我要求，与最真实的工作美感。无论哪一种形式的餐饮店都要经过日月的劳动、环境卫生的污染与高峰期的紧张所交集的疲倦。这些损耗不只显现在工作人员的体态表情中，也明显地披盖在周遭的对象上。

下午阳光突然不见了，我们走出餐厅时，服务人员为了刚刚找不到我想买的一只杯而歉然惶恐。他突然跪地道歉的模样，一时让我们很感动与手足无措。我说，因为很喜欢，是否旧杯可以卖我。这下，换他对我的提议感谢得五体投地，坚持要以半价出售。我肃然接下他的割爱。走出门，回味几分钟前彼此因为体谅对方而非常戏剧化的语言与肢体，不禁笑了起来。

午餐真好吃，食物细致，味道浓淡协调，材料与工法和洋折中，最棒的是，用筷子吃真有胆量。我喜欢这一餐用筷子吃的理由是，既然餐具是日式的，虽然料理偏法式，但只有用筷子才能使整个动作与美感更协调。

享受过午餐之后，我们决定不急着先去其他地方，只在花见小路上走走。在这个游客不大到访的时段，属于花见小路特殊居民的生活自然地流露了出来。一个送报的中年人夹着袋子认真地发派新闻，这是此地居民的需要，游客是不会在花见小路上看报的。一个穿着和服的女子跨大步疾走着，像是要利用短暂的时间忙办每个人生活中的杂务；去一趟邮局，现代都市人的人间烟火都很急促，和服的含蓄也收束不了一小段可利用的时间的紧迫感。店家的门虽然扇扇都暂时拉闭关紧，但屋外的金鱼却没有午寐，它们悠悠然在盆中转圈。

走着，走着，我们进了一条后巷，店尾相对的窄道，远远地迎风披挂着几条抹布。也许是因为自己对餐厅这份辛劳与休息的假象太熟悉了，我的眼底突然泛起一股热意。它们每一条都拉得那么平整，洗得那样洁白，撕开就用的滤布或盖巾，毛边轻轻地在风中飘了起来。我在那极度的清洁感里看到了店口看不到的工作力。心里想着，再过两三个小时，这个被误以为午休的劳累，又将化为游客盘里碟中的惊艳。

浑然一锅东北味

坐船游完松花江之后已过两点，大家都饿了，但还是期待能吃到一点真正的东北味。这一天，我们除了租车之外也请了当地的向导。她联络了一下，带我们到一家午市已散，凌乱尚未整好的餐厅去。三层楼有好几个包厢的餐厅里并没有见到什么人，倒是一楼的散座桌桌杯盘狼藉，猜想中午生意很不错。不过，环境与人员看起来都很疲惫，也许，忙乱过还没能打起精神来收拾。

我们被带到一个包厢，房里的圆桌很大，桌子中间的一只铁锅也很大。这个房间平常应该可以坐到将近十七八个人吧，圆形座位与一边的墙相接的部分还打成铺，大概是仿炕。哥哥下楼去点菜，他是美食与饱食主义者，想必这一餐也简单不到哪里去。

进门后，大家看到餐厅环境的质量心照不宣，没有人露出对这一餐有太高

期待的神情。实在是好饿了，在等待中，送来的炸虾饼和小菜倒是助了酒兴。在东北喝常温啤酒已是我们餐餐的开胃共好。

一连开了好几瓶雪花啤酒之后，好不容易来了一个穿着黑底滚红边厨师服、头戴纸高帽的年轻人，他来开锅。我们饥肠辘辘，兴奋以待。先前只看到一个大锅，却不知要吃什么。大铁锅早有人来用小火预热了，厨师倒下不少油之后，先下甜面酱和豆瓣酱。他用一只大勺在锅里来回画着八字，酱料融在油里生香，又陆续加了干椒、花椒与大把大把的蒜苗和姜、葱。香味很快散开，烟雾从锅边袅袅回旋而上。另一位服务员送来了一个不锈钢的大盘，盘上有好几斤的鱼，三种都是松花江上的野生鱼。其中的鳇鱼，油多到让人怀疑到底够不够新鲜。腻在皮肉之间的简直就是一层奶油。厨师接着把鱼分次放入已经爆到很香的锅底去煎。鳇鱼切成分而不断的鱼片，中型的白鱼划着整齐的刀口，头尾相连整条下锅。鱼一下锅，就在热得闹跳的油中生出了香气。虽然很浓，但闻着一点都不腻，也没有腥味，只觉得这一锅必然味道厚足，精彩可期。

妈妈闻着闻着，身不由己地伸长脖子。我知道她是因为桌太大，看不清楚锅里的变化，但闻着这香气又觉得一定要把厨师的手法和所加的材料都观察得更清楚，才能回家复制这份美味。

妈妈和我虽然还没有吃到成品，但因为我们都是厨房里身经百战的老手，又在海边住过很长的一段时日，这一锅闻到此时，心中已确定不只是好，还一定会非常好！持续着“活到老学到老”的精神，妈妈从延颈的凝神，终于忍不住站起来观摩，她专注严肃的英姿，可以唬人说是八十五岁的锅灶总监。

鱼都放入锅里煎香之后，少量的油汁再度滚起。厨师又下了一大碗料酒和一碗加了老抽的胡麻酱。他放下好几片山东大白菜之后，倾壶倒下淹漫所有材料的高汤，然后拿起一个厚达四五厘米的木头盖，严严地把那一整大锅的食材与味道都隔绝在锅里。烟雾不见了，香味也与我们暂别。我们比进门前更饿。这次，每个人的眼睛盯向锅盖时全都带着热切的期待。

锅盖再度掀开时，散出的香气真是难以形容。夹起那本来以为不够新鲜的鳇鱼，我才了解它的不同凡响。原来，松花江不只是名字美，她的渔产也不负江名。

那晚，我在报纸中读到今年大水库鳇鱼盛产，以鳇鱼为食的棕头鸥，竟因为如此而只吃鱼眼睛。原来食物链里也有美食链。

世界最高的游泳池和我们衣柜最贵的游泳裤

两度住在曼谷那八年，我很爱游泳。搬过的几个大楼中都有很好的游泳池，尤其是在Somkid Garden那两年，在游泳池里从黄昏泡到华灯初上，是我跟Eric最大的享受。那栋公寓坐落在曼谷最热闹的素坤逸路上，但主建筑物又隐退在车水马龙的道路之后，Central百货公司间隔在其中。深蓝池底的露天泳池与花木扶疏的庭园在住宅大楼的前区。

太阳一走远，夜幕缓缓下降时，曼谷最热闹地区的灯几乎同时亮了起来。我喜欢仰躺在水池中，凝望着遥远的天空与苍穹之下的热闹人间。躺在水上的感觉很空旷，好像世界其他的声音都被隔绝了起来，只有自己的呼吸声和隐在水里的马达声。我仰躺在水中时，总能记起童年在海边不求前进、随波逐浪的浮游之趣。

我们旅行一向轻装简行，这趟去香港因为其中有一晚要参加婚礼，光两人

The Ritz-Carlton, Hong Kong

的鞋盒与衣服就占掉一个箱子，想要简单却也轻便不到哪里去。我最后把游泳的装备都淘汰出箱，心想，不游泳也没关系。

领我们到房间的女孩除了巨细靡遗地介绍饭店与房间的各种设施之外，还热情地推荐他们拥有目前全世界最高的游泳池。我们有点心动了，说好晚上就下水一趟！

下午Eric与我分头去办事，我们约好回到饭店后再一起到楼下的商场去买泳衣。但我在中环时已看到一个百货公司特别广告了女性的泳衣与海滩装，所以先解决自己的问题。我又到男装部去帮Eric找泳裤。店员指着一条四角裤，说他不知道这能不能进泳池，不知道会不会飘起来。我听完很疑惑，不知道他指的是什么会飘起来。是我的先生，还是他的裤子？我们两方都不确定这能不能定义为泳裤。想一想，还是放弃了，等见面再说吧。我怎会料到这么大的一个购物商场会买不到一条泳裤。

从饭店往商场走之后，我们如猎人般的敏锐，睁大眼睛注意任何一家涉及运动品项的专柜店家。奇怪的是，什么运动装都买得到，连芭蕾舞衣与硬鞋都有，却独缺泳装。我终于忍不住问了一位店员，他很确定地跟我说，有不少人问起泳装的事，但这整个购物区买不到泳装。我问为什么，他笑答不知道，我们只好回饭店去问了！

这一问，果然问对了。大厅接待员把我们交给电梯的另一位同事，在门关起来，上楼到主大厅去之前，他谨慎地叮咛同事说，贵宾需要泳装。我顿时觉得，想帮助完成游泳心愿的人竟跟我们一样有迫不及待的热切，那种人饥己饥，深深被了解的感觉真贴心。到了礼品部之后，我们又被交给了另一位小姐。虽然展示台上才放了几件泳裤，但有就好，有就好！我们当时想，入夜了，只要能进得了水，贵个两三倍也值得。

Eric在签房账时，我才注意到这条泳裤比我们心中设想的贵五倍，我忍不住开口问："哇！怎么这么贵？"那位小姐很亲切地回答我说："这是法国原装进口的。"回房间赶着要去泳池前，我帮Eric拿下新泳裤的标签。啊！原来是越南做的。我想，这就难怪了，做好了先要运到法国，再从法国包装出口，来来回回是多么远的一条路！

但一踏进泳池，我们已完全忘了这段购买的趣事。水温好舒服，这个号称世界上最高的泳池，难以置信的只有我们在戏水。我又仰躺在水中，虽然天顶的蓝天白云是多媒体的投影，但此时此刻在水中的我知道自己确实是置身在环绕于楼体的云雾之中。

回想这一天，只能把它当成一桩采购乐！更何况，Eric在水中的时候，裤脚也真的没有飘起来。我调侃他会不会因为穿这条泳裤而游得更快时，他只轻描淡写地回答说："不会，只是我一想到它小小一条竟然这么贵，我的每个动作就会游得更标准一点。”所以，再穿个十年，十年的用心于标准所累积的进步将使这条泳裤完全物超所值。

窗口的巴黎铁塔

从新加坡飞往巴黎的A380在清晨抵达戴高乐机场（Paris-Charles-de-Gaulle）。行李在柜台前贴上印着CDG的环条时，我想起了三十二年前在新航受训第一天的第一份功课。那堂课我们上入门知识，先认识IATA 这个国际航空运输协会。之后，在最短的时间中把所有首都与重要城市的代称，与各机场的IATA 代码背得一清二楚。有些城市的机场不止一个，代码不能混淆，像巴黎的国际机场就要特别小心。大多数的国际航班在巴黎都用CDG戴高乐机场。但十天后我们将要从塞维亚再飞回巴黎，那班飞机将会降落在巴黎的另一个机场Orly（奥利机场）。

在戴高乐机场踏出机门时大约是早上七点。灯火与人意都还阑珊的海关验证柜台上，一点都看不出这是飞机起降量与客流量在欧洲数一数二的机场。我们提领完行李，花了一点时间才找到接机的车。往市区去的路上，太阳已经起床了，金光正一点一点地给微凉的空气添上让人振奋的温度。

整个巴黎还不算真正地醒过来，或醒来的人此刻也才正在屋里准备着他们一天的开始。

车子一路从机场的外围驶向第十六区的路上，眼前的建筑景观从简单、平板，慢慢进入一种属于真正巴黎的色调。深浅牙色的墙与黑灰蓝绿交织的屋顶或栏杆，生动地以稳重饱满的色泽把几乎齐高的屋群既提高也镇压。我对巴黎独一无二的印象无声地栖息在每一个眺望的尽处：没有一栋建筑不是长窗与推门林立，但没有一樘窗门泄露出一丁点屋里的故事。

车子从路面一驶进饭店范围的车道时，我听到细石与轮子摩擦的沙沙声，心中翻搅起一阵欣喜。从那一刻起，我知道巴黎的往日时光会随着这栋旧建筑迎接我们的重返。

因为飞机到的时间很早，接待人员先把我们安置在早餐厅旁的一个美丽角落喝咖啡。咖啡来时我迟疑了一下，但还是难耐眼前美景与一杯咖啡两相呼应的引诱。我又喝了半杯浓缩咖啡，那已是今天从在飞机上用早餐起算的第三杯了，早已远远超过我身体的预算。再多的咖啡好像也抵不过飞行难免的疲倦，睡意与屋外树叶间洒落的灿烂阳光较着劲。我们决定先进房间好好梳洗，再看看是柔软雪白的床或塞纳－马恩省河畔的景致谁得胜！

饭店服务人员为我们推开房门的那一刻，长形房间的一整侧玻璃窗迎进了

一室的阳光，巴黎铁塔刚毅地矗立在阳光下。我一眼看到的是玄关桌上放着的一盘杏桃，它们被罩在玻璃里，新鲜、嫩黄，毛茸茸的真可爱。我顾不及其他的事，憩在躺椅上一连就先吃下两颗杏桃。Eric 也很放松地在品尝放在藤篮里保温着的中国茶。我考虑要不要泡澡，又担心被热水环绕的舒服如果释放了疲劳，窗外眼前的铁塔会立刻先进入我的梦乡。

打起精神再仔细欣赏几眼阳光下的铁塔。我想起飞行家林白（Charles Lindbergh）第一次完成横渡大西洋的壮举时所发表的感想：“她擎天一柱，我一面飞，它的角度也一面改变。”我从浴室走出来，经过房间的每一扇窗前，想看看这么小的角度中，铁塔会怎么改变。最后还是决定一定要撑到夜幕开始下降时，再好好欣赏天色苍茫中的百年贵妇。

这一百二十几年来，照明不断地改变了巴黎铁塔的样貌。起先架设在地面那几千盏灯的上照并无法辉映出顶端的容颜。但还好有毕多（Pierre Bideau），他想到把高压灯装在塔的梁身，这样打出的光才能均匀，使远望的人能看到一个自己熠熠生辉的埃菲尔铁塔。于是，在白天受着阳光影响，让人无法正确地用“巧克力色”或“铁灰色”，或其他颜色来描述的“埃菲尔塔棕”，到了夜晚，思考她穿戴什么颜色就已不再重要了。

夜晚的巴黎铁塔让人忘记工程的问题，铁塔的重量，铆钉的数量，或柱与柱之间铁椨架台的支撑与平衡；她只以三百多米高的修长，一万五千六百二十平方米的占地，像一个穿着裙摆开旋、长裙曳地的身形，美丽而不自觉远望地享受着自己眼中的景色。而环绕于她的人们，则享受着她自身的美丽，以及她与夜色相伴的奇异风韵。

Eric 跟我决定这次我们不再上铁塔了。虽然，在铁塔上可以看到巴黎全景，但年龄会使人改变每一次旅游的重点，也会使人学着放慢脚步。这是第六次与巴黎铁塔见面，我们只想舒服地走近她。

在塔下看到卖纪念品与赌博的茨岗人比以前更多了。我们异口同声地叹道：巴黎铁塔，别来无恙！

读懂生活读懂书

我经常被问到“亲子阅读”的事。采访者想清楚得知的是：我“如何被培养”与我“如何培养孩子”。遗憾的是，我总语焉不详。不详的原因不是我想隐瞒，也不是我组织力不好，实在是我的脑中并不存有自己被刻意的方法培养的记忆。我是在父母对知识的自然喜爱里，习染了人与阅读的关系。

我的母亲是个“很可怕”的人。我用“可怕”来形容她的“可敬畏”，是因为她已经八十六岁，更因为她一生的工作并不是与文字或知识的教学有关。因此，她的“可怕”里就埋藏了我想说的“可爱”与“敬佩”。

我从塞维亚打电话跟爸妈报平安时已离家整整一个星期。妈妈在电话那头问我：“今天去哪里玩？”我说一整天都在大教堂里，但还没看够，明天一早还要再去。妈妈就说：“啊！那个教堂我去过，很美丽……”然后她开始回忆主祭坛与侧厅有些什么，再说到哪四个人帮哥伦布抬棺……我差一点就怀疑这天早上，是否她与我同在。

但妈妈实在不是第一次这样让我对她肃然起敬。记得跟她同游首尔时，我们经过汉江，谈起“雅尔塔密约”与朝鲜的历史，妈妈顺口就说出罗斯福、丘吉尔和斯大林各代表美、英、苏。我们去东北张作霖的故居游历那天，西安事变的时间、始末与影响，她只一回想，就侃侃而谈。

每一次在无意中因为这些话题而展开深刻的讨论时，我感到讶异的都不是她已年迈却记忆犹新，而是在她的生命里，阅读曾为她所开展的眼界。而这种眼界，事实上也影响了她的行事风格与魄力。虽然，在她最年轻壮盛的那十八年，可说是被工作幽闭在一个东部小镇上的一个砖工厂里。那段岁月中，并没有以阅读为由的活动，也没有足够的资源。但少女时期的“教育”已在她的心里沃养了一块适合阅读的田地。扎实学过的知识构筑的是阅读的经验，而不仅是数据而已。

妈妈是在台湾光复后才学普通话的。她不会注音符号，老是用ㄅㄅㄇㄇ来形容“注音符号”，能把“骆驼”说成“漏斗”，害我找不到她推荐我一定要看的电影“骆驼的故事”。但无论怎么取笑她的发音，当她展现对历史与地理的熟知时，我就知道一个可敬的母亲必须为了知识本身的喜悦而阅读，而不是以书本的多寡来作为教育的目标。没有人逼她在有限的时间中选择不读软甜的读物，而读较为深刻的书籍，但她为自己做了选择。因为没有人逼她，因此，她也没有刻意地以某些书本喂养我们，但我们也在习染中，为自己做了选择。

启程去欧洲的前两个星期，我们才取消所有马赛的饭店，临时决定把那几天改为一游塞维亚。我一直想去马赛，不只是因为《基督山恩仇记》，还因为这个城市的古老历史，和一张深深打动过我的照片。照片中，船桅群立于如洗的蓝天上，停在旧城港边密集紧靠的船只，让我对这个从公元前六百年就聚集发展的城市充满幻想。故事会吸引人去旅游，图像也一样。但无论我们到了哪里，自己才是一城一处、一山一水的阅读者。

没去马赛却去了塞维亚，一点都不后悔。当出租车把我们送到第一晚投宿的饭店时，天色还亮，但时间已不早。壮丽的教堂就在眼前，与我们房间的距离，近到让人无法置信。打开推窗，眼前尽是层次纤巧的雕刻，生动的花纹在石块上展现出比布料蕾丝更为细腻的天工。那是好几次我在威尼斯的夜里看圣马可大教堂的感想。这些几百年前用耐心、力气和眼光留下的艺术光彩，改变了人对物质坚硬或柔软的刻板印象，我以时间为基础，重新调整阅读空间的思维。

从我们的房间往下望，饭店与教堂相隔的道路是石块铺成的。我不知道那是哪一个年代重新铺过的，但可以想象，自教堂建好之后，多少马车人迹曾踩踏过这古城最让人向往之处。车道往教堂一边突起的人行基台上，等距地种了结实累累的塞维亚橙。那些被绿叶衬得比阳光更为灿烂的鲜艳光彩，是谁想到用“金吻”来命名橙的，多么好的想法！但塞维亚橙，既没有美国金吻橙的名声，更比不上代表西班牙的瓦伦西亚橙。因为味道酸涩，除了以整株的样貌为金橙再加强装饰之外，人们尝到时已变成果酱或其他饼干糖果中的一部分。

我们投宿第一晚的饭店，位置很好，但不是我喜欢的典型。摩登休闲，空气中充满芳疗的香氛，不是我的喜好。我更想看的饭店是不着痕迹、整旧如旧地保存古城的生活气息。我恨死了全世界以休闲窄化了“旅行”的功能。我得在自己的了解里，想象着如此重要地理位置中，好几个世纪以来的旅者，为着不同的目标而停留、投宿时的情景。那个时代的这个黄金角落，会是怎么样的一种情调？不同民族在历史上来去融合、分别占据，层叠的历史，与民族特色糅合之后的再生，我要在哪里寻找？

打开行李梳洗之后，我们决定走路到隔一天要住的饭店去看看。两处都在大教堂旁边，一个是旧建筑改的新饭店，一个是真正的历史老店。饭店与饭店之间的道路很舒服，有礼品或供应饮食的铺子，也有历史已久，当地居民仰赖的店家。顺着路走两段，就到塞维亚大学了，饭店与大学相傍。天色慢慢暗了下来，我们走进这家从起建年算起，刚好一百岁的饭店，在那里用了一个很好的晚餐。夜幕低垂，大厅的灯照在长桌迷雾般的鲜花上，我眼前的塞维亚幻美如梦！

IN SCRAMBLED EGGS
TEA · CHOCOLATE $25
WHITE WINE · BEER

城市的寂寞与坚强

城市是文明的载体，可惜对于历史上唯一一个从十六世纪中叶以来，存在于中国五百年的“番坊”——澳门，多数游客只当她是一个“大赌城”。五百年来，沿珠江河道溯河而上前往广州城南，在珠江岸边从事贸易的各国商旅写下的不只是东西货物的交换，这五百年所改变的生活，还包括社会构成、宗教婚姻与生活习惯。

在旅游的信息上，港澳一直不分家，对不以赌博或吃喝为目的的旅客来说，澳门只是到此一行的单日站；好像只要在“大三巴”牌坊拍过照，吃过酥皮蛋挞就算已经玩过澳门了。十几年前，我曾陪Eric带公司员工到港澳旅游。那一趟，在旅行社的规划下，我们从香港搭快船而来，匆匆一个下午就离开。在这个面积只有1.5平方公里的城区，我们蜻蜓点水的玩法，所踏过的地区又远比它的小还要更小。

十几年后再到澳门也并没有设想太多的目标，纯粹只是家人找一个地方相聚。对父母来说，飞行不会太远，对我们来说，三天两夜的小旅行，工作放一下也还走得开，一说定就成行。

那天一早，爸妈与哥哥一家四口和我们夫妻俩各自从南北出发，八个人直接在澳门的机场会合。当饭店的巴士把我们送到门口，我才知道国际各大品牌的饭店早已在此连成一片。澳门改变的不只是土地利用的结构，供应博彩和展览场所更在这十几年里扩展了它的规模。

第二天早上，家人都还在房间休息时，Eric跟我已经吃过早餐出门去了。我们从饭店搭出租车一路先到民政总署大楼，打算早上在这一区好好走走。民政总署大楼古称“议事庭”，建于十六世纪末。四百多年来因为加建与灾后的重修，有很多地方已无法代为陈述当年葡华复杂的生活故事。但外墙与空间中的一些角落或石雕，还好好地被保存下来。在这些风格杂糅的空间里走动参观时，我想起在书中读过的“畏威怀德”。自治的澳门和经过允许而长期居留的葡国人与当地人，或激烈或缓和地接触而形成的澳门文化，如今什么才是代表？这栋建筑虽被列入联合国教科文组织世界文化遗产的名录中，但我们到访的前后几个星期，大堂侧翼因为正在举办展览，到处张挂着俗艳的彩带与人造花，花上的灰尘大大折扣了参观的感受。

在大街上吃过一碗炖奶之后，我们搭上公交车，决定自由上下，去看看真

正澳门居民的生活实貌。毕竟，这个地区的生活太特别，虽然看似政府和大企业已将较稳定、收入好的博彩和旅游职位指定给本地居民，只是发展需要和人口数不成比例。建设、装修和娱乐事业还是多倚赖外劳，其中当然也有不少非法居住的人口。如果单看人均所得来推想澳门的生活水平，或不离开大饭店区来亲近澳门，我们对这个不断蜕变的历史地区一定会有很多的误解。

我先前请饭店帮我们打听当地最大的市场在哪里，随后搭上公交车游走时找到了。在一个城市搭公交车是了解当地生活很好的方式，看学校和逛市场又是我喜欢的。因为衣食住行的几项民生活动中，衣，可以说已经全球同步化了，很少能提供特别的文化视角。食，有一部分也因为连锁餐厅与超商不分国界地同步运作，物流畅通得让人忘记身在何处。当然，也有某些例外的时候，有一次近春节时我在上海，那超商的情景就很不一样。干货海味充斥在现代化的购物空间，让我闻之昏然。虽然因此夺门逃出，我了解这只是因为我非此地居民的身体排斥，但以旅游者来说，很高兴亲眼看到这么多年货挤塞在一起的热闹，与热闹分属于每一个人的快乐。

看上学也是旅游中的一大乐趣。因为学校是居民最落实具体的生活活动场。有一次我在大连漫步时巧遇一个小学放学，迎接小朋友的，都是年长者，应该是爷爷奶奶吧！他们接了孩子的高兴与亲昵，让我觉得非常难忘。我相信外国旅客如果看到台湾小学下课后由校门走出，立刻鱼贯进入附近大楼安亲班的景象，他们心中也会有一种旅行长人见识，景点不如生活的感动。

那天逛完澳门市场位于一大栋住宅的地层摊位之后，我觉得富庶在每一个国度地区中都有假象。人们总是喜欢以“国民所得”的高低来谈论一个社会的水平，对于大量财富都集中在极少数人手中的澳门来说，这个数字怎能显现相同于其他社会的意义？

回到市区中，我去了书局。翻到几本追忆历史的书，大致说来，葡萄牙对澳门所产生的文化影响，已褪色到几不可见。食谱里残留在几道菜中的特色，也只是当年的故事或烹饪概念，被取代的材料已名存无实地占据了旅客的印象。大家来去匆匆，谁也不很在乎这些事情的转变或正误。

我在书局买了一本《土生葡人饮食文化》，虽然匆匆翻页中已看到不少错误。正因为如此，我认为这本书更透露了一个特殊族群远离家乡，落地生根后对澳门所造成的影响，与自己所受的澳门影响。我觉得自己应该可以在书里读到这个在郑和去世后才崛起的城市，在岁月中显现的寂寞，和一些不曾远离的坚强。

离开书局后，我们在漫步时经过一个小酒馆，微妙的改建并没有毁损我对旧楼时日的想象。我们走进去，点了一杯酒与下酒小食。小菜合情合理的很葡萄牙，对我们来说味道是硬与重的，但没有错离它应有的情调。

澳门的葡籍人口一直在下跌，他们在生活中属于自己的去处，想必也一直在减少中。Eric跟我在带着暖意的屋里坐了好一会儿，然后再度走进寒风中，我们想去寻找这个四百多年的古城，除了游客之外的生活残景。

情多一夜（一）

决定要在岛上住两个晚上的人是我，但还没有找到旅馆前就已经后悔的人，也是我。想要在岛上住两个晚上的理由是，因为年轻时就在不同人的文章中读过这个地名，却从来没有真正踏足。几十次近在咫尺也没有真的亲近，之后，这地方一定得去。去了，一定得好好住个几天的决心就愈来愈合理。

后悔的起因是一番舟车劳顿之后，抵达岛边已近黄昏了。订饭店时，交通信息说，下公交车之后有两个选择，一是搭小汽艇，如果不搭小艇，步行也可以。下车后，我觉得有点累了，很想搭小船，但根本就没有船在这个时间往返于码头和饭店。那就走路吧！想来，船也不过是截直线而行，饭店既然也说可以步行，想必不会太远。说不定，沿途风光好到要走路才不虚此行呢！

通过村子往饭店的路弯弯曲曲、凹凹凸凸，有些是水泥面、有些只是泥巴地，一点都不适合带轮拖走的行李箱。更糟的是，我们连二选一都赌错方向，岔上了冤枉路。还好，遇到村子里的一个女孩，她很好心，只是一听到我们要“走”去饭店，就皱起眉头，然后陪我们走一段。直到回到分路的桥上，仔细地叮咛我们，某处不要往右，一定要直直向前，某处有哪个标志，她估计我们大约要走上半个多钟头。过桥时，天几乎完全暗了下来，沿路的景物并不很清楚，只闻到一阵阵鱼腥与腌渍物的味道随着风向，时浓时淡。

我一向不介意旅行时起得比鸡早，但我跟鸡一样，天暗下来，就想打道回寮。旅行如果不能天黑就在饭店安顿下来，我就觉得不安。现在，不只天暗了下来，路还有点难走，连晚上投宿的饭店都不知道情况如何。脚踩着路，心里惶惶然。

好长的一段路上除了一个邮局之外，并没有人家。路旁的泥塘似乎有很多牛蛙，它们的叫声大得像录音带里扩音而出的音效，在孤盏的路灯与一面山树、一面近海的小径上听到这样的哞叫声，更添几分荒山暗路的惊惶。我觉得有点懊恼，又有点好笑。Eric 察觉了，他开始问我晚餐的计划，让我从自觉糊涂的愧疚中分心了。谈话间，几十分钟过去，接着泥路开展出一段路况良好的海边大道。饭店就在眼前。

不！“眼前”并不精确，我该说“眼上”才对。这个由历史文物改建而成的饭店，位于我们站立山道上的顶端，观之在前但仰之弥高。不过，值得安慰的是，有一座如缆车一样的斜上电梯，看起来美丽又方便。我们带着苦尽甘来的心情走向电梯间。虽不算晴天霹雳，但足以让人两脚发软的沮丧袭上心头，此时电梯是不能用的。想是为了不让闲人进出。我开口抱怨道：“这个饭店总共只有九个房间，他们就不管管我们有没有到？”Eric知道我累的时候，要不就会大笑，要不就借着一点困难想哭。他安慰我说：“应该是走两道斜坡就会到，这条路看起来很漂亮，我们走走看！”我走了一段，停了一下，觉得又饿又累了。暂停脚步休息时，只好幻想等会儿有一顿好的晚餐可吃。在夜色中举目苍凉，被海包围着、矗立在涯上的饭店是我们晚餐唯一的指望。

我终于再而衰地再爬了一段长坡，在心鼓重振、三而竭之前，走进以报案室改装成的接待厅。厅里一分为二，除了登记住房的办公室之外，里面还有一间从前用来关犯人的囚室，为什么我会选这种时间来报到？

我们应该是这一天中最后一组抵达的房客。唯一的接待人员看到我们时很惊喜，就像我们看到饭店的建筑出现在眼前时一样，有一种“终于”尘埃落定的安全感。房间在转角，户外小楼梯一登一转就是餐厅。餐厅供餐到九点半。我们决定在辛苦的寻觅之后先给身体加油，放下行李不梳洗换衣，先吃晚餐。

餐厅是一个大玻璃屋，顶上有一部分覆着一旁老榕树开展而出的华盖。因

BLUE GIRL

为是晚上，树叶的样貌透着灯光的照射。我感觉到外面在起风，大树迎风摇曳，须藤飘然摆荡。餐厅面海的一侧有四组座位，看起来都是年轻情侣或新婚夫妻，桌上有酒，情调浪漫。我们这对老夫妻没有去凑热闹，隔着中间一大区的空桌，我们被引座在另一侧的木头卡座上。我很喜欢，在座上感觉到时光倒流，只因为卡座的概念已经够陈旧，再加上椅背上又镶着镜子，看起来好像穿透视线的隔座也有人。其实，这一整区只有我们。老派的还不只是座位的设计，远处一台自动钢琴上上下下的琴键兀自舞动的情景，也曾是我们年轻时的流行。我翻开菜单，欣喜地发现这荒凉的海边竟然有“生啤酒”，长杯与泡沫，平抚了我一路走来的抱怨。

这里确实有一个基础很不错，经过老式训练的主厨。我们分别点了肋眼牛排与鲑鱼排，两道都做得很好，已经很久没有吃到这么老派的柠檬酱。我跟Eric 说，明晚我还想试他别的菜。因为菜单上有一些看起来是厨师用当地的海味酱设计的菜单。

酒足饭饱后，我们都累了，决定早早睡下，明天起床再好好认识这个海边小村。从餐厅走回房间的路上，我抬头，想看一下刚刚在玻璃顶上那颗大树，一抬头看到的却是晕在云里的月亮，她饱满地挂在远天！海、大榕树、风潮、月亮、味道，这一切都多么像我小时候住了十二年的家乡。

走回房间时，我突然觉得，这一天没有白辛苦。

情多一夜（二）

在疲倦中睡了一觉，起床时天才微微透着一点亮光，分不清是因为太早了还是天阴，眼前的景物与昨晚抵达时的猜想颇多不同。远边的云与山海交接的景象看起来像是一张黑白照片，抑郁中等待着阳光的照拂。

我们先去散步，没想到回来之后还是拔得头筹第一个进了餐厅。昨晚接待我们的女孩还在当班，她眼中透着“怎么这么早？”的无声讶异，随即尽职地帮我们张罗早餐。早餐的量太大了，因为不是自助式，所以我浪费了一半以上的量，心里很愧疚，想着，明天早上一定要记得请他们不要再给我主菜盘了。在品尝两杯卡布奇诺之间，我仔细地观赏了餐厅的结构与陈设。这个只有九间房的饭店跟大部分文物改建的地方一样，一眼可以看出设计与维护之间已经慢慢疏离。多数建筑或室内设计者在完成对象之后，他们的美梦就要由经营者来接手养育。虽然规划、设想与建筑很不容易，但是要延续守护更需要日复一日的热情。

早上，我们在小村仅有的两条街上寸步不漏地逛了一个上午。之后，选择了一家小吃店用午餐，好了解当地居民的生活。根据昨晚好心为我们引路的女孩说，此地的居民已经因为假日的旅客过多而不胜其扰。当观光旅游给地区某些人带来生意之道的同时，它的副作用也影响了同区所有的人。可以想象，假日蜂拥而入的人挤满这两条街的情景有多嘈杂，店铺里卖的货品也因为游客多而有一大半都与本地无关。一直在小村中过着安静生活的人家没有机会把游客只当成环境的一部分，旅游者的脚步与需求正在主导这个村庄的改变。

因为是这样一个半天就可以好好走完的小村，所以并没有太多人会选择在此过夜，一连订两晚的客人想必更少。以致当我们晚餐又再回到饭店时，同一位已经服务了我们两餐的女孩，竟完全不敢相信“我们”真的是“我们”。

看着菜单，试了主厨用虾酱腌的炸鸡翅和用咸鱼酱炒的虾球。下午，在路上，终于把昨晚闻到的海味与腌晒物都找到了，一个个蓝色的胶桶里装着已经打滑了的虾酱，看起来是紫色。鸡翅应该就是用这种酱腌的吧！饭后结账，那位小姐看到签名时，才敢确认我们就是昨晚在此用餐的那两位客人。回房间的路上，Eric 跟我笑弯了腰。Eric 一方面对我坚持要在此住两晚的高明决定表示“仙人打鼓有时错”的谅解；一方面对我们这么难以让人留下印象深表怀疑。我跟他说，是因为没有人会在此多结一夜情，这才叫“难以置信”。

散步之间，海风愈吹愈大，风带起的树浪在空中拍打出的回荡之声比涯下海浪拍打在石上的涛声还要响。我想起了家乡的海边，在风中远望的暗夜，突然起了生命的思乡之情。我循着岁月的来路，在熟悉的海风中，在记忆里慢慢往回走。

挽救婚姻的美食

旅途中的人当然都想一尝当地美食，只是，我不属于特地为美食而启程出发去旅行的人。食物与旅行的相得益彰是心情的贡献，所以，我把好吃，或好食物当作旅行途中的机遇。如果幸运得到，则珍存于记忆，但我不把旅程所有的享受集中于一餐追逐一餐的口腹愉快之上。

Abby成为宾大新鲜人的那年，我们预计在费城陪她适应几天新生活。实际的情况是，她一到校就已经被各种该认识的新事物与活动占满心思，无暇他顾于适应的存在。要慢慢了解新生活的人，反而是我们这对即将放手的父母。记得十一年级，有一次美国四个大学联袂来新加坡做招生说明会，我问了耶鲁大学的代表，我想知道耶鲁对于国际学生可有一个更紧密的联络系统，以解我们海外父母的牵挂之心。那代表回问我说，当你的孩子上了大学之后，你认为他是儿童还是成人？不管你们有多放不下，他们都已经长大了，所以，我们不会每晚要他们打电话跟你们说晚安。

新生训练那几天，我们投宿在校区里的喜来登饭店，Abby先住进宿舍。因为时差，每天天还黑着，我们就已经起床。在校园中散步时，草上的露珠与高低的树木到处透着清新的感觉。一百多年来陆续建成的校区里，有好几处可以觅得早餐。但我最喜欢的，是坐在户外看着一家有烤炉的咖啡馆准备开门，那有着人与炉的温度。馆里的灯一盏盏都亮起来之后，陆续有人夹着书报落座。火炉慢慢热了起来，不能确定是在炉里现烤，或只是回温的面包味，糅合在空气里飘荡着的咖啡香。

吃完很早的早餐后，我们继续散步。一方面认识费城，一方面借着走路缓和过几天就要离去的担心与不舍。费城的道路很容易认，以宾大为根据地，绝不会在棋盘般整齐的街道中迷失方向。我们走着走着，走进了一段华人生活气息飘荡的街区。紧接着，摆着鲜艳的蔬果摊交接着一家家意大利人经营的杂货店，进门袭人的奶酪味与挂在高处的整只生火腿和层层叠叠的餐具，是费城的南欧气息。

在意大利区，骑楼下转角的小店门面切割得很好，开放的五角窗里，费城有名的起司薄片炒牛排正香味四溢地做着无言的广告。隔壁那家卖炖牛肚的店，虽然没有强而有力的香味，却以充满趣味的文字作为招徕。店上的挂牌上没有提起他们的牛肚有多好吃，只心平气和、充满信心，像个和事佬一样的口气说："如果你的太太不会做菜，请不要跟她离婚，来这里用餐，把太太当个宠物。Don't divorce your wife because she can't cook, eat here

and keep her as a pet.”我是个菜做得不错的厨娘，不会因为煮饭的问题而被休，却因为那段广告词而觉得非得光临不可。即便两个小时前才吃过早餐，但我还是用一条小面包把一盘充满百里香、入口即化的炖牛肚吃得干干净净。那几年把孩子放在卢加诺后，经过托斯卡尼各个城市都要尝一下的味道，在费城的意大利街上又完整地回想了起来。

除了传统摊位夹道的中国人区与意大利区充满市场的生命力之外，瑞汀市场当然是费城更有趣的去处。隔几年去，有些摊位改变了，但也总有几个不变动的店家使这个市场维持住百年的传统印象。讲德语的荷兰人雪白的衣服与蕾丝，美得只让人想起维米尔画里的宁静与光彩。他们铺中架上陈列的装瓶食物或刺绣小物，件件都吸引人进入生存与生活深刻的联想中。

我喜欢瑞汀市场向外的一家餐厅，各式啤酒与真正好吃的食物和我所喜欢的环境组合成我的小快乐。我点了正在盛产的贻贝，用橄榄油炒过后再加白酒蒸煮的贝肉鲜嫩极了。拿起尺寸正好的面包蘸上鲜甜的白酒酱汁，在面包泡湿之后，酥脆之前，用心咀嚼，体会它们完全融合的美妙滋味。

离开费城的最后一晚，我心里觉得很沉重。虽然这几天在探望Abby 的时候，她看起来不只已经适应了生活，也开始进入工作的训练。但是，真正要离开时，我才发现放手对父母比对子女难。分别前的那一餐我们虽然也为Abby安排了丰盛的晚餐，但我记不起盘中的滋味，只觉得离别的难受涨满了心中。

金门，三得与三记

我真是太土了，应邀去金门演讲与教学时闹了不少笑话。没有去过的地方在去过之后总与想象有落差。我必须承认，行前我对金门的误解，全都是因为我自己的浅薄无知。我的脑中还停留着金门与“战地”“贡糖”和“菜刀”的联结。以致我不知道：

一、金门这么好玩。

二、金门可以住得很舒服，过得很安静。

三、金门很进步，金门的小朋友很幸福。

第一次接受金门县政府的邀请去演讲的时候，我跟负责联络的晓云说，演讲如过眼烟云，对家长的帮助不大。我一直都比较倾向于要带孩子动手做事。晓云跟我很快地达成共识，我们决定要好好来办个活动。但晓云很客气，她没有说我所需要的东西，在金门大多数都可以买得到，于是我比几十年前从乡下进城的人更夸张，带了两大箱的器物与食材去金门。

这只是其中的一蠢，比这个举动更可笑的是，我对于住宿的安排。

我出门工作不怕辛苦但怕睡不好，对于住，我的要求是：床与浴室都要很干净，房间不要有多余的设备或装饰最好。晓云在信中客气地说要帮我订民宿。我一想，万一民宿是针对休闲旅游而设计有所谓的风格，我反而要睡不着了。于是，我就跟晓云提议自己来订。同时，因为对金门有着一种地方落后的迷思，我想起小时候住成功镇的一件趣事。

大概是小学三年级的暑假吧！父母亲的挚友一家从高雄出发到成功与我们会合。隔两天，我们两家共十人就要一起搭小飞机去兰屿度假。抵达成功之后，爸妈把阿姨一家的孩子都安顿在我们的日式校长宿舍里与我们同住，但阿姨夫妻安排在离我们家不远的旅舍。四五十年前，成功镇只有三家旅舍，我不记得大人们是否说过哪一家设备比较好，因为，本地人并不关心这种问题。

那晚真是刺激又好笑，孩子们都已玩累了，早早就排排睡在榻榻米上。入夜后，家中的电话声突然划破乡下寂静的夜晚，把我们都惊醒了。是阿姨打来的，问妈妈能不能让他们回来家里。隔天，我们才听说，天气很热，阿姨睡不着想开电扇，但电扇无法启动，于是她叫服务生来帮忙，没想到服务生回说："我不敢开，那个风扇会电人，你自己开。"阿姨从在高雄住着舒服的房子跑到落后的成功镇，还住到这样的旅馆，真是吓坏了，连夜就想奔回我家。我想到，万一我去金门也是如此，该往何处去？于是自作聪明订了金门最大的饭店。我心想，一直以来总有人需要去金门开会或工作，基本上，饭店应该是清洁舒服的吧！没想到，我因而错过了金门非常有特色的民宿。

还好，金门给了我第二次的机会。隔了两年，我又受邀回去办了两天的教学与演讲。住在民宿里，体会了我不曾感受过的别致生活。

两次的金门之旅，我长了很多的见识，更看到大家为地方所投下的用心与努力，有幸面见了一个强韧的生命典范。我把这些学习与感受分别记成三篇以为纪念。

金门，建筑之美

金门人讲话听起来跟台湾人不同，虽然日常沟通没有困难，但有些用语对我来说是有点生疏的。他们的声调也特别，每当心理准备不够的时候，我会以为他们讲的是另一种方言。金门人也许因为这几年与台湾游客的沟通多，他们跟外地人说话时特别注意到对方的理解力，但只要是金门人遇到金门人，那种放开心来说话的腔调，真是好听！

我不知道是不是每个金门人都像我所遇到的那几位朋友那样熟悉当地的建筑与历史。两趟金门行中，大家对金门的地理特点、历史因缘、人与聚落、聚落与屋宇的故事总是了如指掌、娓娓道来。那种自然与自得，让我非常感动。说得自然是因为心里很熟悉，神情自得则是金门人对家乡的引以为荣，这两种情怀一起展现金门人的文化素养，连小朋友也很不一样。我在金门上完课后，请小朋友们画下一点他们对金门的印象，小小孩的笔下竟然是建筑，是文物。

最怕打搅别人的我，第一趟金门行下课后，就麻烦了文化局教育处的许课长当向导。那天课后，原本计划要在饭店里好好回顾当天所留的照片。每次在外地办教学活动，难免有需要就现场条件调整的细节，一连两天的课，上完第一天才有机会自我检视。没想到照片还看不到一半，黄昏褪去一点盛夏的暑意，许课长就直接到饭店来接我了。她说两个小时就够了，她要带我去看看金门的建筑。

这趟连衣服都来不及换整齐的乘兴之游，远远超过了两个小时。我不只看到了在多重心思与专家照护下，而延年益寿的金门建筑之美。在能丽姐的解说下，我了解了那些穿着西装戴斗笠，华洋混杂的金门建筑是源于什么样的生活背景与情感背景。也知道这些复杂的纽带如今又是如何地与域外的人心情感互相联结，一起发展着另一种新生。

我从来没有在一天当中看过这么多敬拜祖先的“祖公厅”，读到过那么多家族门风的对联与寿布。四合院的形式强烈地透过建筑格式表现出这些家庭的内聚力。而那些刻镂在门楣窗堵上祈天赐福，或勉子孙孝贤的字句，更说明了安身与安居、立业与立命世代不变的心愿。

走过古厝大屋，步行过一个聚落与一个聚落时，累积在眼前已修复或半衰颓的生活痕迹，在一时之间转为一股深刻的感动，袭上了我的心头。它们不是任何有关营造与设计的艺术惊艳，而是充满在这些墙瓦之间，一代对一代的保护、祝福与期盼的人性打动。我想起了跟金门这样不相干，与建筑这么不相连的一段话，是杜威对教育的了解：

仅仅形体的生长、仅仅熟习维持生计所需要的事项，将不足以绵延这一个群体的生活，还需要有方针的努力和深思远虑的经营。因为新生分子不但不知道，也不关心社群的目的和习惯，我们必须使他们知道这些，并且对这些有兴趣，唯有教育能弥补这道鸿沟。

能丽姐带我一路走过的民居，不管是在哪一个侨乡致富汇款兴建的大屋，或哪一个名门武将的宅第，一字一句安置在空间里的自省教诫，不就是教育深思熟虑过后的用心经营吗？

天暗下来后，我们走到一处墙脚上长满茂密迷迭香的合院，在晚风吹拂的大门外，我尝到了金门的蚵仔面线。那种铺天盖地的日常华丽，是我前所未见的。但那晚最大的感怀，是听一个在金门最艰困的时期长大的金门人，诉说自己成熟的过程。也因为这样，那些屋宇建筑在我的了解中，超越了安全与生活的需要，那些砖雕瓦花、彩绘寿屏在我的感官所能收纳的容量之外，又多了因为金门独特历史所锤炼而成的独特与美丽。

賀歲

福慶

金门，生活之静

只要是在一栋集合住宅里生活，不管如何的处幽避闹也难以体会到真正无声的安静。我说的那种安静，是文字中形容的“连一根针掉下去都听得到”的空灵。因为，现代化的建筑即使空间设计得完美，环境凉到不需要有冷气、风扇，但总还是有一些运作中机器转动的声响。我们因为没有机会跟真正安静的环境相比较，所以对有些声响就降低了反应的能力。

第二次再回到金门时，我们住进了一家古厝民宿。那是第一次许科长带我遍访建筑，走到珠山，曾进去参观过的一栋民宿。飞机抵达金门后，同行的伙伴们跟晓云先到会场去检查隔天两天四场活动需要的物品与细节，我留在民宿里写离开台湾时未完成的专栏稿件。户外艳阳高照，天气很热，但我坐在深井的桌上工作，却完全不觉得外面的热气。写着写着，我觉得被一种奇怪但舒服的气息环绕着，好像这个世界只剩下我一个人和这一栋房屋。奇怪的是，遗世独立的感觉却不让我感到阴幽害怕，虽然，隔一道墙的厅里就供着好多神主牌。这是金门民宿的特色，承租房屋的民宿主人代屋主照顾安放在祖厝里的牌位。

写作的歇息中，我一直在思考那种气息到底要怎么形容呢?

我去山上时曾感受到吗? 我在海边时曾体会过吗? 好像都没有。

慢慢地，慢慢地，我愈来愈确定这奇异的氛围对我一定不是完全陌生的经验。于是，我努力地在回忆的口袋里翻动心思，寻找这种安静到底曾在何时出现在我的生命中。终于，我想起来了。那是年幼时夏天的午后，我一个人躺在我们家那个大而开敞的日式房子里的榻榻米上做白日梦的感觉。四周都没有声音，只有一栋房子和一个我；安静而孤独，孤独但不寂寞。

Eric 从外面拍照回来，流了一身汗。他说太阳好大，好热，但是天空好蓝好美。我趁着大家还没有回来之前，从深井往祖公厅走去，走到屋外回头一看，大厝的翘脊昂然地直直插入连一朵白云都没有的澄澈蓝天。

金门寂静的天空下，深井里午后安静是我永远难忘的一日。

金门，生命强韧之美

我们一般多以“柔弱”和“强壮”来指称相互对立的两种状况。但是，人在生命中的表现，有时候的“不示弱”“不能示弱”或“不甘示弱”倚靠的是心灵的强劲，那些抵抗命运或生活艰苦的肢体，其实一点都不健壮。每每看到这种人，我想到的是“韧”这个字。

在《说文解字》里，韧的解释是：柔而固也。简单三字已经说尽了“韧”的力与美。柔有弱者，但柔也可以是另一种曲而不屈的，因此客观地呈现了“固”的事实与样貌。

离开饭店后，能丽姐带我往岛的西南边去，水头是我们第一站抵达的聚落。沿着一个围绕大荷塘的弯道，我们走进一个双落大厝。尽管太阳意犹未尽地在天边流连，但晚风已提前到来。看着随风软腰的荷叶，我的暑气已消一半。

进入门口埕时，不见一个人，当能丽姐跟我解说那些门额、构件、装饰时，她抽拉门簪，翻关门扇、走步间又随时提醒我哪里有个户碇、腰门的熟悉，就好像自己是屋里的主人一样。转身举步之间，我想起自己有多久不曾回想起这样的生活：门户可以洞开着，乡人之间能彼此信赖。如今的我，住在人们自以为门禁愈严、管理愈科技就愈显现安全与身价的都市里。每过一两年，大楼总要讨论如何再升级成更森严的门卡。居处附近更有些大楼连引导车行的警卫都夸张地穿着特种部队的服装，上书“SWAT”四个大字。这些打算模拟阻止高度危险的警卫，不配枪，配的是一只水壶；不带手榴弹，口袋里装的是一包香烟。像不像？看着看着麻木之后，也觉得有那么四分样。

如果不来金门，我不会想起，我所缺的不只是这样的荷塘与清风；我所身处的环境，是如此无谓的冠冕堂皇。

再穿过翻身门，巷里还是不见人影。有些墙上的砖和窗，一眼看得出修复的痕迹。瓷砖上印着的仿砖花纹，不像某些墙角上的真砖那样天真自然，直棂窗上的泥灰，也还透着未经世事的新意。但是，整个看来，修整过的大厝没有给人返老还童的滑稽，他们让这些身经岁月的老屋有延年益寿、老当益壮的气质。

走近深井时，我们才看到居住在厝里的第一个人。她正在墙角的石砌圆池里刷一双布鞋。一头如霜的白发沿两鬓往上夹，发质与发式都像一个少

女，耳上戴着耳环有些隆重，似与日常生活不大相合。但，这正透露出那一代人的生活气息，在有限的范围中顾影自怜地认真生活的乐趣。岁月在老奶奶的脸上已经刻下了深刻的沟纹，却没有取走她天真的表情。看到我们，她展颜一笑，齿牙只剩几颗，一抹说不出的害羞里，糅合了“老”与“小”的奇妙美丽。

我发现老奶奶的手骨很奇怪，这使她在刷洗布鞋的姿势与常态不同。交谈之间，才知道这是在军事戒严时，部队驻扎于聚落时粗莽的欺侮所发生的意外。断了的手，还是要以畸形所致的疼痛来面对生活，还是要以扭曲之后的极限来调适运作。这一过，又是几十年。

我们交谈时看到池旁的井，能丽姐问我会不会打水。我自信满满想起六岁前家里还可以打水，没想到那技能只是记忆里的自以为是。一放绳，一出手，斜度无法驾驭桶身的轻飘，才知打井水是生活的历练。

老奶奶的手指好修长。她允许我握一下那双历经风霜、骨节嶙峋的双手时，我但愿她也不吝惜分赠一点她面对生命种种艰难，那柔而固的强韧之力。

辑三

人情·旅事

Canon

入乡随俗是尊重也是自得

我有一位长辈非常美，即使现年已经七十几岁了，但见过她的人，很少不私下彼此谈论起她的气质与容貌。婶奶奶年轻的时候不但美，而且穿着打扮与居家布置也都走在时尚的前端。三十几年前，母亲有位朋友曾巧合地与她同团出国旅游，回来后对我母亲啧啧称奇两件事：一是，怎么有人长得这么好看。二是，每到一国，婶奶奶的装扮马上就跟上了当国的情调与风俗。说话的人还特地举例说：好比到了墨西哥，婶奶奶的一顶草帽与环状大耳环，当场艳羡了所有的伙伴。

这是入乡随俗，也是享受生活。

旅行者融入一国一地的生活，首先要有观察力，并快速地抓住重点。入乡者最重要的是相信自己的眼睛，不要以别人的经验为圭臬。别人分享的经验不是没有用处，但事实投射在个别的条件之上所得的感受可以相去千

里。还是为自己的心境保留不受影响的权利，放眼去看，开怀地感受。也要想到，无论多少次的旅行，我们所看到的世界都是局部中的局部。不追随别人的经验，反而看到比较宽阔的世界。

要享受入乡随俗的愉快，就要抛弃成见。记得一九九六年我要搬去曼谷时，所有去过曼谷的邻居都觉得很可怕。有一位医生还建议我们，要多带一点卫生纸去，他说那里的生活水平很低。结果我在曼谷前后共住八年，可以很中肯地说，现在台北市标榜的豪宅也没有当时曼谷住屋的细致与想象力。不只在食衣住的事情上我非常勇于探索，去曼谷不到半个月，我也为了要更有行动力，尽快去买了车，尝试左侧驾驶的生活。在没有速限的高速公路上飙驰，不能说不惧怕，但既入乡，就得尽快随俗生活才能自在。

任何“乡俗”都是一种生活默契。默契中，有显现于外的美感，也有隐含于中的趣味。乡俗本来是一个相对于外人来说的封闭区域，因为生活接触而形成的约定或磨合所产生的结果，应该是一国、一城就会有很大的差别。在快速的全球化之下，乡俗少了属于人类生活共通的约定，将取而代之城乡个别生活的约定俗成。这使得旅游少掉了多少趣味与惊喜。

我还记得二十多年前，各大快餐业进攻东南亚的市场时，还尊重一点乡俗的。肯德基是用盘子和刀叉吃的，麦当劳的酱料也都用小瓷盘装。但只要市场一取得优势，传统的生活习惯就会不见，先是慢慢地试探，然后是快速地到位。现在，无论人去了多远，都不会太不习惯，因为全世界的人已经开始过着一种“都差不多”的生活。商业做主，复制着他们拣选出来的生活，文化就在这样的不知不觉中，改变着它的内涵与建立。

好奇的人对乡俗特别有感，因为有感，所以融入得也特别快。我虽然看来胆小，但别人总说我的“生活适应力”特别好。不只抚育我长大的父母这么说，连被我抚养大的女儿也常常对此惊讶不已。有一次Abby跟我去大陆，她被我迅雷不及掩耳就融入当地居民生活的举动吓得目瞪口呆。

那是在黄昏，我们从一地要回饭店，看到“打的”（北方称等出租车）大排长龙，Abby只是静静地等。她不知道妈妈正紧盯着上车的人，为了想观察出一个规则来。看了几趟车之后，我觉得很奇怪，为什么大家上车前先不断地探问，问后有的上了，有的并不。这代表同时拥上的并不是一伙人，我心想，这是一种很复杂的共乘。看着队伍排得这么长，如果不跟人共乘不知道要等到什么时候。我想了一下，我们的距离是近的，而且饭店不远之处就有个广场圆环，如果我们愿意多分摊一点，让共乘者先把我们送回最接近饭店的圆环，就可以往任何方向去，这是可行的。所以，主意一定，我拉着还来不及为她解释的女儿就上了车。Abby后来跟爸爸说：“我还不知道发生什么事就已经被妈妈拉上车，听到妈妈在跟司机和另外一个乘客讨论路线了。”她弄不清楚怎么一回事，但一如我的判断，我们以最快的速度，顺利地回到了饭店。

以前住在交通拥挤的曼谷时，我也会随时调整交通工具，决不坐困愁城。开车、嘟嘟车，或在必要时，也坐上很多人害怕的摩托车。万一什么情况都不允许的时候，我就会转为静心的等待。因为，放宽心的“哉焉焉”也是曼谷居民最可爱的生活态度。

我曾经说：入其俗，随其俗。入乡随俗是尊重也是自得。

该近的不要远，该远的切忌近

年纪愈大，身体自行调整视力的能力就愈不灵活，我在这种一年比一年需要人为的调节中，对适当的距离有了另一番了解。无论是视线或感觉，距离决定了我们的体会。所以，人与人之间需要适当的距离；过近的接触是冒犯，陌生的颔首微笑却是人人能视为美好的亲切。

生活中有一些我觉得距离不对的事，只是大家却愈来愈习以为常。比如说，买东西时被要求留了数据，店员打电话来促销，或下次再光顾时他们如果叫我“颖卿”，我就浑身不自在；我希望他们称我为翁太太或蔡小姐。我也不习惯听到有些父母连名带姓地呼唤他们自己的孩子，两者对我的不美，都在于亲疏远近的距离不对。姓氏对外人来说是一种尊重的界线，所以家人应该只唤名不带姓。一带姓，就有了刻意隔离的意味或火药味。再不，这种称呼里有一种为表特别亲切的粗糙意。

人际之间有合宜的距离才会自在，而景物与观者之间有适当的距离也很重要。有些景物要细看才知道它的精致，有些景物需要远看才能体会它的壮观或完整。

虽然，有名的景点多半都会在丰富的经验者，或推广的单位下建立一些眺望台。但旅途无意中在一个并不普遍但正确的距离里，看知名景物的另一种面貌，那种惊喜真是难以诉说。

我的家乡有一处景点如今已经很著名，台东地方政府也在三仙台不同的方向都设有观景台。三仙台的方圆几里之内，水蓝石绿，假日车满庭、人满岸。但也一定有很多旅客已经感觉到，远看的三仙台比近看的三仙台要美得多。它们的颜色更有层次，形状更巨大，那三块小石山的表面，在远望中就像是莫奈画中对光的实验。三仙台无论在朝阳或夕日下，远看都是一幅天工，适当的距离把它衬托得比它自己的规模要壮丽好几倍。

在无意中巧遇适当的距离，对我来说最惊艳的莫过于双子星与赛维雅的大教堂。

吉隆坡的双子星大楼（简称KLCC）因为漂亮的女明星凯瑟琳·泽塔-琼斯和老007肖恩·康纳利在双子星拍的电影《偷天陷阱》（*Entrapment*）

而更加出名。我有好几次是住在离双子星不远的饭店，只是对KLCC 的印象完全被框架在大家介绍的一个全无阻碍的观赏点，从那里所看到的双子星，完整、美丽。

有一年，我在没有特别计划之下，幸运地住进了一个与KLCC 面对面的房间里。那是一个来去匆匆的工作旅行，幸运之神却特别眷顾了我在匆忙中订房的计划。进房间时，夜已经深了，我这才第一次感觉到双子星的灯光这么单纯好看。隔天一早起床，我匆匆准备就要出门。转过床边往洗手间时，在光洁的地板上看到不远处的双子星与倒映在地板上的双子星连成一片，精神为之一振，好像整个建筑都能触摸得到一样的惊讶欢喜。

好像也不是近到触手可及就能引起震撼，我对台北一〇一就有太近反而很平凡的感觉。

建筑物太远，即使完整却没有细节，只知道它的存在，或知道它与周围景物的关系，对视觉的愉快实际上是不够的。要如何近到只了解它的庞然。如果截断观看者的视线，这样的距离也不够好。我的姐姐因为加入一个国际饭店的会员，每年回台北都住在凯悦饭店。有一晚，她换了房间，被安排住在一个窗前就是一〇一的套房里。她带点疑惑又有点兴奋地打电话叫我去，我们姐妹俩就这样眼睁睁地看着那实在太近的一〇一大楼，对着那拦腰一段，变换着七彩灯光的建筑失去了想象。

我这才了解，任何景与物、人与人，“适当”的意思应该是：该近的不要远，该远的切忌近，这样才会亲切才会美。

带着书本去旅行

在旅途中阅读，是工作忙但喜欢阅读的我的最高享受，旅行中得到的阅读享受，对我来说总是多重的。

首先，出门旅行无论是为了工作，还是特别为了休闲而出走，一路上总是因为减少了需要打点生活的杂务而多出一点时间和一份不同于日常的心情。而时间与心情，恰好都是享受阅读的必要条件。

关在机舱里阅读，是我喜欢的活动之一，就像我也喜欢在机舱里用餐。我通常会在用餐时看一部电影，戴上耳机的世界，特别独立，因为四周的人也都认真地在自己的世界里享受食物。陌生人一起用餐而彼此不相干扰的情景，只在飞机上才有。不吃饭的时间，我通常也睡不着。就着只照亮自己那小范围里的光晕读书，是很有乐趣的事。有时旅途很长，四周好睡的人大半都沉入梦乡了，我在偶尔起落的鼾声中阅读，也是搭飞机的乐趣之一。只是，在飞机上读书总是单手握书，久了手也酸累，所以，我通常不带厚重的书上飞机。如果一定想看，我就会把书给拆了，分成小小的一本、一本。这样的书，通常是需要看了想，想了再看的那一类。

夜晚在旅馆里读书更是我旅行中的一大享受。

平日里，背垫看书枕在睡前阅读片刻，虽然也是我固定的作息之一，但工作的责任心总使我在很晚时才能享受阅读。不像旅行中的夜晚，留一段足够的时间，好好地躺在床上看书，是这么理所当然的享受。如果所看的书又刚好是旅途上意外的收获，那阅读的心情就更满足了。我记得《考工记》就是我窝在上海华尔道夫饭店那张又高又大的床上，连续两晚认真读过第一次的一本书。

了解这种阅读旨趣的人，不只是我，也是女儿的感受。在我与Abby一起旅行的经验里，她愈大愈不能离开书。有几次我也曾想过，她这样飞行来到一地，怎么总是手不释卷（她是新一代的人，用电子书就不用像我这样拆书）。我再仔细一想，她不也就是在享受我自己所体会到的、那种超越平日阅读形式的另一种享受吗?

无意中去了一地而读到某一本书，或某一篇文章，或因为所到之地又想起曾经读过的书，也是旅行里经常发生的阅读喜悦。

如果不是因为去了沈阳故宫，我想我应该不会有机会好好地把《盛京赋》读过。那份开创唯艰，守成不易的衔念之心，我也是在夜晚饭店的床上，就灯用心展读的。记得第一次从车上无意中看到“静安寺”的时候，它突兀地处在这么热闹的背景里，简单地显现了一千多年来的存在。我很高兴在无意的车过时与它谋面，似曾相识地想起这个名称在阅读里的熟悉。追想着，第一次是在谁的文字中看到这个地名的？是林文月的散文吧！她似乎曾在一篇讲到童年书店或故居的文章中提起过“静安寺”，还是在胡兰成的《今生今世》呢？他跟张爱玲的认识也在这一区。无论是书中读过的地名或故事，只要在旅途中不期然而遇，心中就有一种属于阅读的微微激动，一种因为通过阅读，它就对我别具意义的欢喜。

旅行中合适于阅读的空间，更是让人不能不为这种吸引人的氛围而割舍掉一点其他的安排。

有好几个历史悠久的饭店都有适合阅读的一些角落。在清晨或黄昏，在角落中小坐片刻，读几页书，同时享受着宁静中的思想与思想中的宁静，又是旅途上的另一种收获。

在欧洲的一个午后，我们从外面回到饭店，阳光照在一张厚实的大木桌上。我想起了普里莫·莱维的《周期表》，突然哪里都不想去了，只想请侍者送来一杯咖啡，坐下来好好阅读几个小时。

我翻开书页，心里又一次对人能从不断重组的文字，获得那么深刻的平静与喜乐，感到不可思议与相遇的幸运。

记忆旅行

记忆旅行的方法有好几种，照相机很方便，应该也是最多人用的方法。记心得、写日记，虽然没有图像，但有图像无法全然捕捉到的心灵感受。我不用照相机，因为，先生所拍的照片就已经看得我头昏眼花了，所以，我大部分的时间都开放自己的眼睛看我所面对的世界，再把心里的感受记在脑中。有几次，当我跟孩子一起旅行时，我又看到会画画的人用画笔保存经验的另一种快乐。

这次去日本是即兴而起的计划，没有周详的路线，只希望全家能享受难得不用天天工作的相聚，尽兴而返。自从Pony 中学之后，孩子们已经有好几年没再游京都，转眼间，Abby 都已经大学毕业了。

在京都那几天很热，黄昏时，我们总去散步。Pony 摊开她随身画画的小册子，站在路边画下眼前所见。Abby 拿着相机捕捉她自己觉得美好的景物。

我看着自己的家人，脑里翻搅着心中的记忆。

有人走过Pony身边，好奇地探视她的本子，还不吝惜地称赞她画得很好。这一幕让我想起小时候带她们两个去小樽的回忆。

那也是一个黄昏，我们逛完玻璃制品与音乐钟的老街之后，走到一个小广场的圆形水池边坐下。赶路的游人们都散去了，天色转换着夕阳特有的多彩，乌鸦盘旋在天中发出悠远的叫声。Pony从小就很会模仿各种声调与口音，她跟姐姐坐在池边看着天色与乌鸦的飞翔，竟学起它们同声同调的呼

喊。长鸣的噢噢叫声惊动了几位跟我们同坐在池边欣赏夕照的老奶奶们，她们一如日本人特别激动讶异的反应，啧啧称奇地赞叹：“e-rai! e-rai! ”（好厉害！好厉害！）

隔日，我们去三十三间堂参观，轻轻走在木地板上，仔细静望着一尊尊千手观音像。 Pony很受触动，她随手又画下了几尊。之后的几天，我们用餐时，她也是用笔一一记下菜色。

我也看过 Pony并不用画简捷快速记录旅途的景物，而是刻意享受不同于在家里或学校绘画的心情。

二〇一二年我们一家同游槟城。饭店每天下午在泳池畔都准备有鸡尾酒点心。第一天下午，我赶去演讲，错过了黄昏的池边家聚，回来后，孩子们描述渐次隐没在黑夜的海边好美。隔一天，我在池畔与Eric饮酒聊天时，姐妹俩在无边的泳池中好好地运动了几趟。又隔一天，Pony没再下水了。她坐在微风吹拂的阳台桌上画画，卡纸上淡淡地留下海上的天色与天接的海色，还有海天之间的景物。随后，我看到她把画交给饭店的工作人员，麻烦他们寄出。我想，她借着笔下无言的描述，与地球另一端的友人共享旅行途中，某一个让她感到特别幸福的时刻。

为女儿说书

林觉民的《与妻诀别书》收录在我高中的语文课本里，因为很喜欢，所以到现在还能背出其中大半的内容。跟所有的父母一样，虽然心里有很多读过的书，喜欢的作品想介绍给孩子，但特别是涉及历史或文学的部分，总希望引介时能在适当的时机才更能启发她们的理解。

槟城那天的中午好热，但我们还是决定出去走走。饭店位于乔治敦，走路到“蓝屋”不超过十分钟。这栋老屋是一八四一年生于广东大埔的张弼士，从一个“猪仔”经过三十年的奋斗成为南洋首富后，在槟城所盖的一座清代园林建筑。有人用“地中海”的蓝色来形容蓝屋的颜色，但与之接合的是闽、粤式的屋檐。虽然窗棂镶嵌着许多欧式的装饰，但在南洋的蓝天下看到这样一栋突出的蓝屋，我一点都不会联想到地中海的情调，她们唱的是漂流异国的怀乡曲。

早一天前，我们抵达槟城的时候是白天。进饭店之前车子曾经匆匆一过蓝屋，我第一眼看到了通体艳蓝平整的侧墙时，只觉得奇异得不可置信。一直到进屋参观，听了导览的说明之后，才知道这种蓝色是用槟城盛产的蓝花 Indgofera Arrecta的花汁加工所做成的颜料。听说乔治敦以前有很多像这种颜色的房子，现在只剩蓝屋一栋是完整的。但我在某些旧屋的一两个残破的角落里，还是看到它曾经如何被喜欢，了解它一定启动过居民装点生活的喜悦之心。

虽然“蓝屋”只是一座建筑，但参访蓝屋而能读到的，却不只是一个华人在南洋奋斗致富的故事。蓝屋的主人张弼士是南洋华人心系祖国的一个代表。他从一个从未参加过科考的商人打破了清朝的典章制度，并以化外之民的身份受赐封衔，更在祖国贫困之时归国协助开放之门。一九一〇年，他在南京筹备的劝业会占地七百亩，以二十二个展览馆邀集了全国各省市的各行业和欧美、日本以及南洋地区的人们积极参与，使中国民众在这样的博览会中有机会睁开双眼探望这个急遽改变的世界。

槟城不只有张弼士对清末体弱的祖国献身，二十四岁就在剑桥获得医学博士的伍连德更曾临危受命，拯救过鼠疫灾情疯狂蔓延的东北，他也是第一位被提名诺贝尔奖的华人。中国因为他而从西方人手中收回海关的检疫权。从三十一岁开始，这个在槟城长大的孩子一直在为祖国的人民健康与医学进步而奔走尽力。

出了蓝屋之后，我们散步走路，有时在屋檐的廊下，有时顶着南洋的烈日。一路如果渴了，我们也走进店里喝杯饮料。这些老华人的生活习惯对曾在新加坡住过五年的我们来说，情调一点都不陌生。用充满中国情调的杯子喝咖啡对我来说是多重的享受、时间的回流。

到孙中山博物馆的时候，我觉得心里有一丝激动。除了博物馆之外，我们也去了打铜仔街上的“裕荣庄”。这是国父在槟城的暂居之处，他在这里策划了黄花岗起义，也搭起了几代在南洋落了地、生了根，但仍情系祖国的华人此后漫长的爱国之路。

“裕荣庄”商号并不特别宽，中间有天井。我仔细读着陈列出来的资料，慢慢跟女儿说起《与妻诀别书》的一字一句。黄花岗七十二个烈士里，有二十九位是从南洋归来的。他们当中，还有好多人是才第一次回到祖国就贡献生命给革命。

在林觉民的《与妻诀别书》中，最感人的大爱是：

今日吾与汝幸双健，天下之人，不当死而死，与不愿离而离者，不可数计；钟情如我辈者，能忍之乎？此吾所以敢率性就死，不顾汝也。

最依依切切的儿女情长是：

吾居九泉之下，遥闻汝哭声，当哭相和也。吾平日不信有鬼，今则又望其真有，今人又言心电感应有道，吾亦望其言是实；则吾之死，吾灵尚依依傍汝也，汝不必以无侣悲。

文言对Pony而言是比较难的，但因为她很想听，我当然很乐意一句一句为她说书。我又告诉她，在那场百人敢死队的牺牲里，还有另一封与妻诀别书。十八岁的郭继枚在新婚后的第三天，趁妻子不在，从家里偷了三千元跟好友余东雄会合之后，瞒着家人一起夜奔广州。他写给新婚妻子的诀别书里，还没有情爱的牵挂，只在短短四句中表达了对国家民族的热血：

我们早将生命置之度外，无论如何猛进，一往向前，誓无反顾。

十七岁的余东雄是黄花岗七十二烈士中最年轻的一位。

那天，我读到国父在槟城的一篇演讲，说："如今在国内的人卖命，在海外的出钱……"但回看历史，这些南洋华人年轻的心却证明了，他们不只遥远地出钱分忧，还与当时那个未曾谋面、未受庇护，却深深爱着的母国脐带相连地同感着所有的苦难。

A Ω

盛情

这已经是我们认识后，路爸爸第三次要回西班牙长住几个月。这一天，在路家聚餐有两个值得庆祝的理由：一是路爸爸生日，另一是母亲节。当然，也算送行。一个多星期前我与路妈妈见面，她说这一天要为我们两家人办个家庭聚餐。

下完课后，我们带了自己做的Tiramisu（提拉米苏）与海鲜沙拉，接了Abby 就往路家去。餐桌已经摆好了，浅紫色的桌巾上放着纯白的两层花边盘，盘上折着漂亮的黄紫三色堇图案的餐巾。路爸爸开心地把我们迎到客厅去，我们一下就谈起了几个有趣的话题：他的老朋友、诗和遥远的西班牙。

路妈妈和孩子们开始准备要把凉菜上桌。一年过得真快，路妈妈给我看姑姑传来的西班牙家中那棵大枫叶的照片时，我想起去年拜访路家，路爸爸带我们出游的许多记忆。在山上眺望河谷，去拜访一个十六世纪的古老教堂，路爸爸为我们讲黑面圣母像的宗教历史，还有在海边看到一艘艘干净洁白的作业船只停泊在宝蓝海面上时，我的惊讶。

那是九月初的早上，天空柔和的色彩随着太阳上山的脚步变换着光彩。车子一路缓坡上山到西班牙与法国接壤的比利牛斯山上，路爸爸告诉我们几条朝圣之路的取道（El Camino de Santiago）。我们正站在其中北方之路的一个路口上，如果顺着这条路一直走，便可通往法国境内的Hendaye（昂代伊）。自中世纪以来，基督徒渴望去 Santiago de Compostela（圣地亚哥–德孔波斯特拉）朝圣，这正是其中的一条。我们停留的当中也见到几个徒步而过的旅人，但不知他们只是踏青，或正往朝圣路上前进。

车子蜿蜒着上山，我们看到好多地方都有马在漫步或吃草。路爸爸告诉我，西班牙有血统优良与历史悠久的马，南部安达鲁西亚的马非常有名。我这才想起去年 Abby跟Pony请阿公阿妈和我们去看《梦幻舞马》（*Cavalia*）的时候，有好几匹漂亮的西班牙纯种马。它们鬃毛飞扬，在场中奔驰时矫捷悍健，但在绿草阳光与微风吹动的自然之下，这些并不表演的马儿显得更加迷人。

我们再度停车走到一片草地上，除了几匹小马之外，其他马匹的身形比例都有点奇怪，每一匹马的神态，也都有一种平常马儿所没有的缓慢优哉。

路爸爸考Eric跟我，问我们看不看得出来，这个养马的山坡有什么特别之处。我仔细端详，又观察了一下，才发现大的马都孕味十足，腹部下垂，小的稚嫩可爱，流连在成马身边。原来，这是一个马匹的待产与育幼中心。想想，在这么好的环境中让母马养胎，还真是优生学上的考虑。我想起，中国几千年来也已懂得孕妇要常在安静的地方居住，多听美好的话，让人诵读诗书，不看丑恶的东西，由外象而内感地影响胎儿。这景象在人类忙碌求生、竞争的世界，已成口头的理想与生活的梦境。在这片绿草如茵的山边，我却看到胎中养着新生命的动物母亲，流露着一身安泰自然，它们以满足给了生命最高的敬意与礼赞。

我们再往北走，路爸爸带我们去了一个小教堂，他说自己最喜欢开车来这里静坐。小教堂的历史虽然很悠久，因为一直担负着居民精神牧养的重责，所以每个角落都维护得很好。这不是一个给观光客参访建筑或历史的教堂，而是几百年来安慰人心的地方。我看到这些教堂时，心里想起了这几十年来在台湾所看到的教会，从外观到气息都有很大的改变。无论是张贴的彩色海报、招揽的语句，甚至还有的跟商业空间一样装着跑马灯。曾几何时，我深受吸引、因此而上教堂的庄重气息慢慢消失了。消失的不只有我心中有质地的简朴，还有我眼前这个小教堂里屋顶、墙角、座位上都弥漫着的那种使人感到可以歇息的安宁与幽静。

走出教堂时，虽然家里已经在催促着我们赶快回家用餐，但路爸爸还是觉得，如果不再多走一段路就太可惜了。于是，他决定冒着挨大家抱怨之险，再花一点时间往海边去。我们到达海边时，平常作业的渔港，因为假日的宁静与干净洁白的平底船，让人无法相信这不是一个休闲区。路爸爸指着不远处一个好大范围，叠高几至屋顶的箱笼聚集处，我这才相信这必定是一个平日工作繁忙的渔场。

我们走向西班牙国土最北的灯塔，路爸爸帮Eric和我拍了一张照片，他说："不要怪我拍得不好！"我在心里感激地想着，这么好的一段路，我们一定连照片与所承受的盛情，一起存放在记忆的深处。

姑姑的拿手菜

小 Santi 成了我们家的女婿后，除了路妈妈与她的妹妹之外，我最常听女儿和女婿提起的路家另一位女性，就是他们的姑姑。这位姑姑是路爸爸的亲妹妹，跟路妈妈四十几年来情同姐妹。

自己结婚很久之后，我综合了人生的观察，发现凡是在厨房里能相处得很好的婆媳、姑嫂或妯娌，都有真感情。因为，厨房里可计较的事很多，没有真正的爱与包容是无法天长地久的。不得不处在同一个空间却臭脸甩盆、破坏气氛、玩弄心眼的人并不少见，有些家庭想避免这种狭路相逢就以钱代劳，但最后在餐桌上还是为了分摊费用而心怀怨怒。

人在经过家庭、家族、婚姻与成长之后就会发现，生命中有机会相遇，又能好好彼此对待的人际关系，实在是太值得珍惜了。一如吵架，只有一方想挑衅就不会激烈；爱也一样，单一方的热情或付出也是无法供应情感健康茁壮的养分。

我得知路家的孩子们跟姑姑这么亲近，又从路妈妈口中听到两个国籍不同的妯娌如此和谐，心里很羡慕。女儿婚后，我更期待有机会能多认识这个家庭的成员。有时不禁疑惑，是什么样的缘分使我们成为天涯相隔的异国亲人。

在一个阳光高照，天气温暖的中午，我不只见到姑姑、姑丈、她们的女儿和小孙女，还吃到大家一起为我们做的午餐与甜点。其中有姑姑的拿手菜，红酒炖牛肉和羔羊腿。

Pony去了西班牙之后写回的家书中经常提到她在西班牙吃了很多的羔羊。那几个月，我从她写回的家书中，可以感觉到新鲜的食物让她很愉快！亲戚们的热情更帮助她融入陌生的环境。

在路家聚餐之前的一早，路爸爸开车带我们去逛逛，他问我们有没有特别想去的地方，我们说请他当向导。“那就去我最喜欢的山上了！”路爸爸手中的方向盘朝着他非常熟悉的路奔驰向山。经过每一栋城中重要的建筑时，他都不忘问我们：“Pony、Santi 有没有跟你们介绍，这是……”中午一点左右，家里来电话催促路爸爸赶快把我们带回去，因为有十个人正等我们吃饭。最让孩子们着急的是，姑姑的拿手好菜在烤箱里就要过火了。

这是名誉攸关的大事。

回到路家，车才停定，路妈妈从推窗中探出头来玩笑地责备我们。路爸爸吐个舌头说：“糟糕，我们好像真的迟到太久了。”我开玩笑地问他：“所以，我们要装作很可怜的样子吗？”路爸爸头一扬，调皮地说：“不用！因为我们是老板！”进屋里，香味与大家热闹的招呼让我一下子昏了头，还弄不清楚谁是谁，也没看清屋内的陈设之前，已被大家迎到摆在后院温暖阳光下的长桌了。

路爸爸开酒，路妈妈与姑姑安排上菜，Santi在延展后院的遮阳篷，Pony与姑姑的小孙女在准备面包和西班牙的生火腿。檐下的阴影与篷外的阳光交错在美丽温暖的长桌上。我看到桌的短边上端坐着一位看起来好慈蔼的西班牙老先生，他的邻座有一位比他年轻一点的先生。路爸爸为我们介绍，年轻一点的是姑丈，另一位是谷神父。虽然第一眼见到谷神父时，我心中确定他是一位长者，但听到他的年龄时，那“长”是远远超过我的预想的。年近九十的谷神父能说一口如歌一样缓慢悦耳的中文，他用字优雅、安人心神。

这条餐桌很“国际化”，西班牙文、中文、英文以各自的需要交杂，也以各自的情调表达。我忽然想起Santi曾跟我说，他的爸爸虽然是西班牙人，但教他说西班牙文的人却是路妈妈，路爸爸负责他们的英文。有一次，我跟Santi的妹妹Trini说，你们的中文讲得很好啊！她对我笑着摇摇头说：“我们的每一种话都说得很奇怪！”很奇怪吗？我一点都不觉得。不奇怪吗？我又想起Santi讲中文时，确实有些“与众不同”。比如说，他很有礼貌，跟Eric和我对话时总用“您”，单与我们当中的其中一个人没有问题，如果同时跟我们夫妻交谈，他会改用“您们”。我看到Pony偷偷地在拉他，带笑小声地说：“中文没有‘您们’这样的字。”不过，我也很怀疑，女儿的中文程度足不足以跟女婿切磋。

我们在吃喝中不觉过了三个小时，我跟姑姑请教了她那两道味道很好的主菜，又享受了姑姑女儿做的甜点和姑姑小孙女甜美可爱的递盘收整。饭后，路妈妈坚持我们再尝一点干邑。Pony帮我们每一个都煮了一杯浓缩咖啡。阳光慢慢往更远的天边走，减了一点对花园的照拂。酒酣耳热中，我还是想起餐桌上的美中不足。如果Trini不是因为学校开学先赶回去，我们还可以在饭后聆听两个孩子用西班牙文朗读他们的父亲所写的诗，他的心情之歌。

比食物更值得纪念的，是相聚的难得

跟路妈妈路爸爸在西班牙再见的第一餐，他们特地选了一个熟识的餐厅为我们接风。餐厅整墙整壁地爬着绿叶开着小花，路爸爸披在身上的红毛衣与路妈妈的衣服围巾，就跟我眼前那片充满生命力的花叶一样精神抖擞。

我喜欢路妈妈总是穿着鲜艳的衣服，虽然那样的衣服我是撑不起来的，但每一次却能感觉到那些颜色所给我的感染力。就像看到梵·高的《星空》，或在一片鲜黄墙前阅读的《阿尔勒城夫人》一样的感动。

记得在Pony 婚前，路家希望能与阿公阿妈见一面，特地在台北一家意大利餐厅安排了一个很好的午餐宴请爸妈。

那一天，路妈妈穿的是大红的上衣，黑色的长裤与黑色的尖头高跟鞋，几乎与上衣同色的围巾和口红，随着她清脆的嗓音把热情散播在我们仍陌生的每个人心上。

婚礼那天，路妈妈的紫色蕾丝洋装也很好看。观礼后，大家在海边喝香槟，享受新娘请主厨做的几款小点心。晚宴前，我因为关心着Pony换小礼服的细节，没再回自己的房间去换衣服。再见到路妈妈时，她已换成浅绿色的洋装。我对她轻声抱怨说："路妈妈，如果我知道你会换衣服，我也会去换一套更舒服的衣服。"其实我不够舒服的是鞋子，并不是衣服。路妈妈快人快语，她一声令下说："我实在是太热了不能不换！你也赶快去换，我们等你！"我因为说的只是玩笑话，并没有当真想另换一套，所以就说，来不及了，我不换了。路妈妈说："我坚持，穿得漂亮舒服这是我们女人的权利，赶快去！"她的坚持很有力量，我开始从旧楼的餐厅往新楼的房间奔去，用最快的速度换了一套下摆有荷叶的连身及膝洋装，和一双舒服的高跟凉鞋。再往回跑时，我觉得孩子们一手筹划的婚礼很好玩！

婚礼回来后，大家都在忙。当Pony邀请两家的家人在他们家庆祝结婚一周年时，我真讶异时间这一双飞毛腿的匆匆。那晚，路妈妈穿着一件宝蓝色的短袖羊毛衣与同色的围巾，在微凉的十二月晚上显得特别靓丽，衬得Pony夫妻俩精心布置的餐桌更缤纷多彩。她那晚的小羊排烤得真好，让我们两对父母频频探问她的做法。

除了在台湾的偶尔相聚之外，跨过地球大半的路程在西班牙再见时，路妈

Thank you! We loved
Washington DC
Thank you for the wonderful

妈还是一样的神采奕奕。隔一天，我去家里，发现她花园的绣球跟昨天上衣的花朵一样盛开迎人。

这是一个家传几代的餐厅，路爸爸和路妈妈为我们介绍了他们喜欢的菜色，路妈妈建议我们点不同的菜，彼此可以分享。路爸爸点菜时很可爱地说：“对不起，但我是不跟人家分享的！”我们从香槟喝起，直到浓缩咖啡见底才分手。每一道菜都好吃，每一滴酒都醉人，但比酒与食物更值得纪念的，是我们远渡重洋相聚的难得。

享受的早餐是食物有好的质感

我最喜欢特别重视早餐的饭店。在欧洲，至今也还有不少饭店留一间华丽的餐厅只给早餐用。投宿在那种饭店的下午，我常会看到正准备隔日早餐的工作人员在铺洁白浆挺的桌巾。一层是长的，一层是短的，短的那层使用一轮过后立刻更换，长的那层使整个餐厅更为沉稳美丽。有很多B&B 或民宿对早餐也很用心。一张舒服的床安慰了旅途疲倦的一天，一顿健康丰富的早餐则决定了旅行者一天开始的体力与愉快心情。

我对早餐厅的梦想，首先是“开放得早”，因为旅行者来自世界各地，有时因为时差，有时因为行程，如果有比正常的时间更早提供的早餐，旅客必然皆大欢喜。有一次，我因为要赶飞机而无法好好吃过早餐再走，饭店很体贴地帮我用一个漂亮的盒子打包了几块精致三明治和一杯卡布奇诺。在去往机场的车上慢慢啜饮着那杯咖啡，至今记忆犹新。

有些民宿设有简单的厨房，他们把早餐冰在冰箱让客人能以自己的需求决定用餐时间，我觉得这样的想法也很好。记得有个早上，我正要蒸面包，另一组旅客已经要离去。他说，还剩两颗蛋，问我们要不要，我谢谢之后，用了很多奶油把两颗鸭蛋炒成蛋糊摊在面包上吃。早上的阳光从海面反射上来，那金光跟面包上的亮黄一样熠熠生辉。

另一次很可爱的经验是，我跟民宿主人说不要给我太多的早餐，因为我吃得少，不想浪费食物。女主人不大同意，她说："你不饿，你先生会饿；你吃得少，你先生可以多吃一点。"虽然她一看就比我小，但言谈里却充满了有能力照顾别人的爱心与权威，然后她接着问我："你喜欢吃中式早餐还是西式？"我正愁苦着走到哪里都是沙拉、面包、果酱，立刻就振奋地说："中式！中式！"她点点头，又带着商酌地问我："明天给你做面疙瘩吃好吗？南瓜面疙瘩！"我高兴地跳着回房去。隔天一早，一只大砂锅里香喷喷的南瓜面疙瘩有排骨汤的味道，另一盘炒得青脆的高丽菜和两碟甜腌姜、辣拌瓜，一早就有备受宠爱的感觉。

如果是在正式的饭店，我心目中另一个好的早餐厅还应该在规划早餐时很有主见，而不是以数量来拼凑丰富的假象。当然，能让人觉得非常享受的早餐一定是食物有好的"质感"。食物的质感包括食材新鲜、烹调的味道够好，又保留了当地的传统。还有，供餐的方式与用具更是质量呈现时重要的一环。

我并不期待早餐一定要吃到哪些食物才算满足，但我希望如果要供应鲑鱼，就一定要够新鲜，并有合理的配料；如果要供应火腿，饭店自己在采购上要检查它们的纯度与新鲜度。果汁提供一两种季节精选就好，而不是好几种糖水勾兑或冲泡的饮料。最重要的是：我希望早餐的那杯咖啡，饭店绝不要允许客人自己煮。

我是一个老派的人，我觉得餐厅的服务与询问是餐厅精神的一环，是侍者与客人互动最自然的机会。愈来愈多的饭店，因为人手不够与员工训练不

足的问题，删减了太多的细节，以致餐厅的质量下降，气氛也随之粗糙混乱。客人自己拿餐，自己去按咖啡机，所有的桌子就等于没有人主持关怀，餐厅的混乱无可避免，真是可惜！

我的喜好与工作都和饮食有关，所以对饮食形式的细节总有直觉的感受。我知道一份工作的设计，不只是往外要面对被服务的对象，以完成默认的目标，这些细节也同样能往内帮助服务者集中精神。工作形式是一种隐形的推力，也是职人以举手投足、言语精神让人产生敬重感的主因。有些饭店的自助餐厅因为连开三餐，所有当餐服务与下一餐准备的工作就必须交叠在开放空间，工作人员素养不够，动作嘈杂零乱。饭店不知道为什么突发奇想，竟又请了两个大玩偶在餐厅绕场，提供大家拍照。一时间，人潮翻动，大家更无心吃饭。我们一早就领教了吃饭像打仗的气势，匆匆喝杯咖啡，草草果腹就继续赶路。

谁说形式不重要？我们应该要说的是，没有内涵的形式才应该被改善。

我有一次住在一家饭店。行政楼层管理得比其他饭店都好，跟客房数相比，这个Lounge（休息厅）的规模算相当小，却做得很细致。早餐结束后，餐台全部关闭，午茶时上的是另一套情调节奏完全不同的内容。黄昏鸡尾酒开始的时候，下午关闭的台面已在里间厨房准备好了，陈设一新，连桌上的花都换过。如果夜归觉得有点饿，虽然没有随桌服务的工作人员，自己可以舀个热汤，吃到一点很细致的小点心，低温烤箱里也有热派，连灯都开得温馨、宁静。

餐厅服务是一种从实际呈现的饮食到服务细节的整合，没有办法只靠一套制式的语言或动作来培养对客人来说温度恰好，举止得宜的热情。

我先生经常问我，为什么很多餐厅的服务人员喜欢对着他面前的空盘问道："请问还要使用吗？"而不是说："我帮您收拾一下好吗？"他无奈地与我讨论说，下一次是否可以反问服务员："还有什么可以使用？"我

拍拍他的手，毫不通融地说：“请当个有礼貌的客人。”

但我其实多么想对训练员工的主管们说：请别再逼员工说那些没有判断力的套装语言了，这样的服务只会离真正的精神，离人性温暖愈来愈远。

楼梯里的生活况味

我很喜欢楼梯，喜欢它在建筑上的形状与意义，也喜欢楼梯被引用在生活里与希望联结的意义。

楼梯除了使我们可以上升下降，解决空间垂直的沟通，扩展了同一个地表的可利用面积之外，楼梯还使我们得以展望更远的地方。它自己的步步上升就是一个很实体的希望之路，它的步步下降，又使人因此而了解所来之处的脚踏实地。

我记得在《屋顶上的小提琴手》（*Fiddler on the Roof*）这部电影里有一段很可爱的情节，那位父亲唱道：“如果有一天我富有了，我要盖一栋大屋，屋里有两个楼梯，一个上楼，一个下楼。”我从小是一个敏感的孩子，看这部电影的时候大约是十岁，当时，我对这句语不惊人的歌词竟有着莫名的感动。又过了四十几年，我有幸读了安妮・泰勒（Anne Tyler）的小说

《岁月之梯》，人生情感与实际生活的上上下下，又一次因为楼梯而使我有很深的感触。

在实际的生活里，我住在一栋大楼中，虽然偶尔也会因为好玩，或为了试探自己的体力而去走那十几层的楼梯。只是一栋建筑中的楼梯被称为“安全梯”或“逃生梯”时，它们无论在建材或空间的考虑上，都已经离生活趣味很远很远了。所以，每当我在旅途中见到与生活真正息息相关，曾经联结过人们生理和心理需要的楼梯时，我总会感到非常的欢喜。我会利用时间尽情地享受，人们还没有用直线上下的电梯争取时间的一阶又一阶。

一栋屋宇中如果有楼梯，她的气氛自然会特别宁静。没有人会在上下楼梯时感到尴尬，也没有靠着机器才能启动所有偿付的声响代价。作为现代人，我们不断地要在电梯中重复，面对面的熟悉与陌生交错的生活。在争取到的时间中，也曾经为了等不到电梯而发过不少的埋怨。

我喜欢每阶都低浅宽大的梯。能光脚走在木梯上，当然很舒服，这种享受在私人的领域就好。在公共场合脱鞋让身形变成没有句点的话语，我总为此而觉得有些尴尬。我也喜欢另一种大梯，户外的石板层层叠叠，走的时候就一次又一次地想起了建造人的体贴。户内的大梯，有一种打着圆角，被时间微微磨出一点曲度的大理石梯，让人心生对坚固与长久的敬意。梯中一段，铺着厚地毯，地毯特别织了花，阶边用黄铜圆棍压着的大梯，现

在已经很少见了。那种老派的气度，使人不禁就想要猜想她曾经如何繁华地串联不同空间的生活风华。

上下楼梯是一种体能上的恩赐，一过某一种年龄，就有人会提醒你下楼梯对膝盖不利。那些人的心中只有标准健康的理想生活，在他们的口中，好像人是可以选择上了楼梯不用下楼一样的顺当。

我喜欢楼梯，踏过几层梯阶之后，如果有一个休息的平台更好。楼梯一旁那个可以让人信任的扶把是上下安全的辅助。我曾见过我已经老年的母亲，在爬过一段楼梯后倚着扶栏，站在平台上喘息休息一下，再接再厉上楼的景况。我在那景况里体会到，拾级而上的动力，与扶把而下的谨慎，是生命中不可错过的一种体会，与可以转借到心灵深处的经验储备。

走远路也是一种心意

星期日早上八点半，我从新加坡家往樟宜机场去，我去樟宜机场是为了要飞去吉隆坡，再从吉隆坡转机去新山。而那个叫Johor Bahru 的新山，尽管只隔着柔佛海峡与新加坡幽幽相望，但在某些特别的情况下，你会了解到“可望不可即”真是一个绝佳的形容。就如我的目的地“新山”，以地理位置上来说，离我的出发地还真的不远。

你一定很想问，“不远”是多近呢？嗯，搭车程大约费时两刻钟。那车既然只要半个小时，转两趟飞机，难道不会愈走愈远吗？这真是个有趣的问题，当我在机场的马航柜台办登机手续时，那位小姐也对我的行程百思不得其解。她设法要教我一点地理常识，指着前方说：“Johor Bahru就在不远，真的不用搭飞机。”

我这个走法就像从台南要去新营，但先飞去台北，再从台北飞新营的意思。那我为什么又非这样走不可呢？难道，我真的无聊到必须这样绕圈圈吗？我真想说，是为了表达我的“热情”，所以我打算一早十点从新加坡出发去新山，赶晚上七点钟为《妈妈是最初的老师》这本书所举办的讲座。（在写这一段时，我觉得自己就像女诗人罗赛缇最爱用的问答法。）

好了！关子卖到这里，不能不说实话了。“妈妈书”出版后的两个星期，出版社的企划部转来马来西亚一个社服机构的信，他们希望我能去马来西亚为那里的华人父母办个讲座。主办单位的王先生与我联络上之后，我们在电话里聊了一些想法，也敲定我前去新山的时间是五月的第一个星期日。

因为年龄而称呼我“蔡姐”的劲强，从美国朋友转来的资料中得知“妈妈书”，他很积极地促成与《星洲日报》合办的这场讲座。几个月来，劲强热情地筹备许多事，我们在电子书信讨论筹备的内容。四月中传来的资料是他拍下的报纸版，《星州日报》的“大柔佛”版上说：“蔡颖卿亲子教育分享会　五月六日与新山民众交流”这就是我要去新山的原因。

尽管我这么早就知道这场讲座的时间，却完全没有想过签证的问题。只因为一天到晚看到身边的朋友来来去去新加坡与马来西亚之间。而且，记忆犹新地认定有人说过，如果有新加坡的居留卡就不用办签证。

五月三号，劲强来电，坚持他六号一定要过关来接我。一切都说定后，星期五中午，他不知为什么又想起要问我签证有没有办好？说起来真奇怪，如果是几天前问，我一定会说，没问题，我不需要签证。但那天中午接完电话后，我却拿起电话打去马来西亚大使馆。一问之下，才知道我一定得办签证。

离大使馆下班只有两个小时，而隔天是星期六，这代表着我无论如何在讲座举办前无法从新加坡取得签证。就在我决定打电话跟劲强说抱歉，请他设法改期时，Eric跟我说：“我觉得这是信用问题，这会让劲强他们很为难，就算登报延期，也不见得原本预计要来的人都能看到启事。”Eric很少给我建议，却从不置我即将犯下的错误于不顾。我一听就觉得他说得很有道理。放下拨了一半的电话，我折回旅行社去问隔天唯一能到达新山的办法。

飞到吉隆坡，我就能在那里办落地签证，一拿到签证，立刻转机到新山还赶得上。当我打电话跟劲强说起要请他把接人改成接机时，他一直跟我说抱歉，并一再提起机票钱他们要帮我付。我笑着说：“没有这种道理，是我自己糊涂，有了这次教训，以后再也不会犯同样的错了。而且，有机会去看看吉隆坡机场盖得好不好，有没有漏水也不错！”他在电话那头大笑说：“你的想法好奇怪，没想到蔡姐很幽默。”没想到？这是什么意思，我决定等我到了马来西亚再好好问问。

这趟远路走得很新鲜。而当晚的对谈，也在我临时的提议下，从一人的独角戏加入周律师对我的提问。他毕竟是个作家，思路快，用语精切。我们先前讨论的问题临场用得不多，但他临时抛出的几个问题，却真的有意思。

我演讲完之后，Eric 已从新加坡过来要接我回家。我突然想起一句话：“走远路也是一种心意。”我知道自己当然是有心的，但这趟远路不应该被以这么好的方式来包装，只能老老实实地告知自己愚蠢的糊涂。

中国菜

出门旅行去找中国菜有几个原因：有时候是吃了一长段异国料理之后，胃“想家了”。有时候，是好奇地想知道，中国菜在异乡落了地，有没有扎实地生了根。但更多的时候，又好像是想透过吃一餐中国菜，来了解以这餐饭作为生计的人们，漂洋过海后在异国生活的辛苦奋斗。

在异国开餐馆的人有好多种，一种是专业厨师过海去求发展，另一种是为了要在海外求发展而投资开业、雇请厨师，自己只负责经营管理。无论世局动荡的年代或太平日子里，为了让下一代拥有自己不可能拥有的机会与生活环境，许多人也愿意中途转行，从行外慢慢地入门。把希望放得很远，不畏辛劳，没有退路地慢慢前进。不管是哪一种人，没有不辛苦的。因为，供应吃喝的汤汤水水与刷刷洗洗对消费者来说只是一个生活片段，辛苦再怎么真切，也很难推想出劳累所累积成的全貌。日复一日的辛劳使这些长期在厨房中工作的人弯了腰、微驼了背。生活的现实又使得他们不敢别有他顾，要在海外立足的人专心在生存的一念，幸不幸福是奢侈的情感挣扎。

在像波士顿、温哥华、旧金山、纽约这一类因为长久就有中国移民而自成相较强大支持体系的城市里，中国餐厅的业主即使因新旧移民的汰旧换新颇快，但作为异国料理的存在，他们有足够的同胞因为对食物思乡的支持，而远较某些国家城区来得不孤独。不像有些地方的中国餐馆，一眼就看到业主是以最简直的生活所需，展开他们异国求生奋斗史中第一代的第一页。生嫩的不只是技术与薄弱的周边支持，有时候，从他们的下一代还在努力适应当地人情习惯与还未完全通达的语言能力，更可以读到其中的辛苦。我每见到这样的情景，就只希望他们的辛苦里有着美好的梦想，也有家人同工协力的感谢与体谅。

有一次在南欧的旅行中，我在一家中国餐馆被汤烫到了手。原因是热汤碗与底盘中间没有垫上止滑的纸，当我要把那碗Eric 最爱的酸辣汤挪往他的面前时，一端起来，碗就倾斜打滑了。勾了芡，上足了油的热汤威力十足，连我那劳作到皮比一般人都厚的手也立刻红成一片。我第一个反应是低声跟Eric 说，不要惊动店里的人，请他们来清理一下，我立刻快步走向洗手间去大量冲水。很奇怪，当时我心里的难过远远多过手上的痛，我很责怪自己多么不小心，原本是希望自己能因为来吃一餐，而为萍水相逢的异国族人带上一点精神鼓励。如果他们因为知道我被烫到而引起任何不安或骚动，我进门时的欢喜转为出门时的愧疚。

于是，我决定只要不起水疱，我就不要跟店家拿药，以免无谓地惊动大家。但情况没有我希望的那么好，我在洗手间待了一会儿之后，想着该怎么很自然地去拿到药却不让他们想太多。我先回到座位上再吃几口饭，灼热迅速扩展着，我又走回洗手间。经过厨房时，我故作轻松地跟出菜口的一个工作人员要了一杯冰块，但也许是因为把冰块端到洗手间去的举动太怪异了，老板娘不久就拿着药膏敲门找我了。

那一烫，烫出了我们多一点谈话的机会。为了孩子一断十二年的思乡换成了慢慢的习惯，城里不大有中国人，环绕在较为纯粹的当地环境中，也不会使他们像本地人。在这样的地方要生存下来，盘中的菜不只要比本地料理量大，还要便宜很多。转念的安慰是，孩子可以受比较好的教育，下一代的发展虽然无法两地同时实验，有家乡的人可以比较。于是，可能比留在家乡好很多的安慰在谈话里变成了一轮轮的笑纹，像涟漪一样在她四十几岁、光洁美丽的脸上扩展出去时，隐没在淡淡的鱼尾纹里。我觉得，有爱意的人生真是好看！任何人在表面生活的起眼，与不起眼之下，那深厚有了寄望的情感，撑张出我们生活格局美丽的骨架。

有一趟在巴黎，为了每日去卢浮宫方便而选住在附近的饭店。从饭店左转的路边上，有一家很小很小的中国简餐店。店里，桌子很小、很挤，但很

注册 商标
金星牌
GOLDEN STAR BRAND
14.5%VOL
桂花陳酒
HUA CHEN

百喜
RESTAURANT

干净。只有大约八道左右的菜，盘盘陈列在玻璃柜里，客人点了之后倒进一个美耐皿盘，再放进微波炉里加热。虽说是中国菜，但全是各洲各国中国菜移植海外之后的变形与转味。在店头工作的是一对夫妻，和从面容上看来应该是女儿的年轻人。我从女儿能说流利的法文，父母只能简单对话，还有他们三个人之间惯以家乡话彼此支持工作的对谈中猜想，这是移民还不超过十五年的一代，也是最辛苦的一代。

我们住的那家饭店，是巴黎的一家老饭店，饭店门房还穿着传统、合身笔挺与细节装饰都极其复杂的制服。因为制服很好看，所以我一眼就看到好几个饭店员工中午也在那家中国简餐店用餐。从卢浮宫回饭店前，我好奇地把附近的饮食做了一番考察。同样的价钱，在中国餐厅可以吃到一大盘丰盛的食物，在商店只能买到一个三明治和一瓶饮料，难怪饭店的员工也往那边挤。我想到的不是他们看起来不错的生意，而是这样的竞争，压低的利润让他们更辛苦。我看到年轻女孩很懂事。她努力地面对客人，补足父母因为语言而可能的人情服务的不足，一方面又用心掌握对内调配食物的制作与整理，一家人齐心互助的情景，是另一种可以概称为父慈子孝的天伦之乐。

香榭大道上中型规模的中国餐馆，虽然少了这些年资轻浅的奋斗样貌，不过，经年累月的人或许更了解辛苦的真相。他们的性格里有一种美丽的结晶，外显在对人对事的无限耐心与真心诚意中。我们是在晚餐开市前一个多小时就进餐厅了。老板很抱歉地说，师傅还在准备，如果我们不介意。“坐、坐、坐”的叠声中使我们不觉得这样的提前带给他们麻烦。在那一个小时里，我亲耳听到老板娘如何委婉和善地为一个要为孩子庆周岁办家宴的年轻母亲解说各种细节、讨论菜单，也亲眼看到老板一桌桌检视晚市开张前的备品、细节。最开心的是，我看到在餐厅开始忙碌前，工作人员坐在客席中的一张铺着两层洁白餐布的餐桌上，好好吃了晚餐。即使我不是他们其中的一员，远远地喝着青岛啤酒时，眼中的景象竟使我感到一种莫名的安慰。我真希望这些海外中国餐馆生意兴旺，我真希望那些漂洋过海的心，在辛苦中充满了来自下一代子孙的感谢与客人欣赏菜热的慰藉。

欺生

有位长辈跟我说她不去香港，因为香港人会欺生。过了好几年，她的先生劝她说，香港人现在已经改变了，不要对他们怀有成见。

到处都有欺生的事在发生，“生”可以是熟悉环境里的陌生事物，也可以是陌生地域里的初次经验；前者欺的是经验的陌生，后者当然是地头的霸里霸气，或占人便宜的小人卑鄙。不管如何，欺生绝不是今日世界或哪个地方才有的特例，这个词在中国也已经出现了好几百年。

就说说我那位朋友对香港的感觉，我也曾经有过！

香港人做的烧腊，那味道真是其他地方难以媲美的，我知道好吃的烧腊在哪里。有些办公区狭窄的街道里，或老旧住宅大楼下，就有几家长长久久地坚守着他们的本领。这些店照顾的是经常能来的客人，他们因为开店久，有了一种可以判别外客与常客的本领，这并不是指说外国人或外地人。

在寸土寸金的香港，座位挤得不得了是一定的，肩并肩与陌生人一起用餐更是理所当然的生活公约。一个座位与另一个座位之间，别希望有任何空间要用来放包包或作为区隔。就因为如此，有一次我跟一位面对面的陌生人点了一模一样的午餐，但我得眼睁睁地吃一盘跟她质量完全不一样的食物。餐厅里总有一些过火的东西，梅花肉做的叉烧也总有一段是没有中段那么嫩的，这要卖给谁？正好来了一看就知道不会天天来的客人，于是上了他的盘。这就是欺生。

欺生跟生活水平有没有关系，很难断定，有时候，是属于运气的事吧！我有一次在巴黎街头午餐，就觉得被欺负。点了 Ahi Tuna沙拉前，还一再确定不是罐头鱼。结果来了一盘像猫吃的食物，我很生气，店家也不示弱。为了表达我的不平，我钱是付了，但不肯吃。我用一张餐巾纸把它盖了起来，表达我无声的抗议。

去了外地受欺，心里当然不好受，回到故里受欺，心里有的就不是气愤而是感伤。前不久回故乡邻镇，我们去了一家无菜单海鲜料理。进店时，只有我们夫妻两个客人，后来进来一个机构的七个客人，他们从外地来东部工作，也是以为东部乡下就粗糙，喧笑高谈完全无视旁人与他们同用空间，有着同样的权利。老板是一个非常逆向势利的人，他喜欢以卑微的话语来表达自己的诚恳，当他知道那些人是从外地来东部工作时，知道他们有机会再来或常来，而我们只是一个路过的旅客。整餐饭吃下来，我们比他们少两道菜不说，更让人难以忍受的是，老板每上邻桌的菜就得高声地献媚，说成本有多高，那盘透抽是西部来的，一斤四百五，可不是市场买的一百五噢！而我们，连一百五的都没面见到，更别说了解那四百五的好有老板的一番用心计较。再说另一道菜，他们吃的是从缸里捞出的活体大龙虾，我们吃的是从冰箱送去厨房的斗牛。老板很矛盾地对他们交叉着两种心态的语言，一方面阐明自己如何不惜成本地倾囊而出，一方面又说自己不过是：“骗吃！骗吃！”他对我们也不是没话可说，只一再交代酱要怎么蘸，菜要怎么吃。在一个乡下，看到这样一个八面玲珑、语锋不断的餐厅老板周旋，真是少见。

作为一个返乡者，那一餐饭吃得我又伤心、又失望。我想是旅游所带来的人潮不够稳定，生存发展的不易把人的自尊都磨掉了。现在的人相信生意要靠着讯息传递才能扩展，转换了过去靠诚恳苦干，货真价实挣口碑的基本观念，于是以判断而欺客的事也比过去更常发生。

也不是只有香港人或法国人才欺生。我们有个从泰国来台湾的朋友在饭店旁看到有人在买玉米，她用一百五十元买了一条，隔天相见时问我贵不贵，我笑而难答，想到她在口音中显现的异乡人特质所引发的人性之恶。

HÔTEL

一定不只是口音泄露了异乡人可欺的秘密。记得有一次我在岛内旅行，因为一个不小心的动作而拉坏了裤脚，刚好紧邻着饭店有一个购物商场，商场里有个小小的修改部。虽然平时我喜欢自己动手缝缝补补，但那天想，如果能省一点时间，就地车一下也就解决了。所有修改品项的价格都列表贴在玻璃门上，当我问要多少钱时，那位小姐却回答我说："一百块。"如果没有那张表格，付一百块是无话可说的，只是表上写五十块，她的回答却是一百时，我就想问她为什么。我们的问答很有意思，她先说："不一样！"我很不服气地又问道："哪里不一样？"她盯着我的眼睛说："就是不一样！"

"就是不一样！"真是微妙而通用的一句话。

也许那种不知道哪里不一样的"就是不一样"使我们起了欺生的念头而不以为耻，也使我们在某些受了不符合付出的待遇时，劝慰自己，这就是旅客总会遇到的人情之常。不过，这些容忍与无奈也带出了更多并不真实也不合理的期盼，我们总说，去了一地要找当地人做向导或介绍，才会货真价实。只是，如果每一个旅客去每一个地方都要有当地的朋友才能得到旅行的真值或愉快，这种地方的心灵文化水平是不是也有反省与提升的必要?

闲且静，浅复深

客房的室内设计是饭店业主表达自己的美感观点，与透露如何苦心为客人量身定做生活空间的表述。在大众旅行还没有非常流行的十几二十年前，多数的饭店知道室内设计是强而有力营造品牌特色的机会，它们是人为服务的基础背景，也是旅客去而复返的重大理由之一。

但在广告进入网络时代，旅行变成非走不可的生活常态之后，供需之间的关系大幅改变了饭店的意义与质量，室内设计也响应了市场条件的不再艰辛，或竞争转型的新现实。更多新建饭店只求抓住年轻人的眼光、广告的卖点，不再创造让人惊叹的心思与质量。许多知名的老饭店也纷纷改变它们让人回味再三的经典生活，把原先的空间切割成更多的房数，美其名曰升级改装。如果实在无法更动，但房数供不应求，因而收并附近的民居再加以各种包装的情况也不在少数。这些花样在网络的照片中都看不出端倪，访客的评语也不一定值得当作参考。因此，选饭店是带点运气的赌博，大概，每个人多少都有过类似的经验。

我不常在岛内旅游，对于饭店的动态并不熟悉，直到最近，才知道台湾的家庭旅行已经昌盛到有饭店完全以亲子为主要诉求。那几天，我们虽在温泉区，却不能好好享受一个宁静的假期，好像在做幼儿园的参访。

早上起来，进餐厅要大排长龙，晚餐则以时间分段、限时用餐，大家因而显得有点急躁。饭店鼓励客人穿着他们提供的衣服在馆内活动，上襦下裤的设计很像农家服。离开房间或照顾孩子的人，难免都有随身对象，这套服装又没有搭配的囊袋，于是大家又把包包也带上，再加上红的、绿的夹脚拖鞋，整个着装真是不协调得好玩。很像睡到一半忽而领悟人生，决定要离家出走，衣服来不及换，行李也不想打了，但装着随身要物的那只包包，却小心谨慎地斜背在身上。

这家饭店虽然标榜自己是日式温泉旅馆，但整体印象跟日本浴场饭店提供客人穿着连身浴衣与罩袍的整齐度是有不同的。也许是因为衣服的样子不对，也或许是维护得不好，因此看起来就不是休闲，反有邋遢的感觉；只有小朋友穿起来是可爱的。

饭店含早晚两餐，可以选自助餐或套餐，我们因为连住两晚，就合理的一晚一种。在自助餐厅的一片混乱与孩子的窜动中看到饭店称为“浴袍”的服装已觉得随便。隔天用套餐时，在烛光摇曳，黄色郁金香单枝吐艳，酒杯反映着美丽的光影中，看到这里那里都有穿着夹脚拖鞋的人，就更是突兀。我奇怪饭店自己为什么不设个Dress Code，这应该是基本的礼貌。

那几天在饭店里，我还看到一些对我来说很奇异的景象。孩子吃完饭是去赶活动。我从来不知道，父母花大钱带孩子出门旅行竟愿意他们坐在大厅里上颜色、做美劳。这不就是他们日常在学校或在家里的活动吗？小手在卡片上压个印泥、描边、着色、等吹干，一花就是两个小时，有些奶奶，爸妈百般无聊地坐在一旁等孩子。我心想，他们的假期就这样泡汤了吗？

又隔一天，我更讶异了，没有想到自己住到可说是完全以小朋友开车为主题的五星级饭店。客房的门好薄，隔音很差，但在那些汽车与鼓动孩子兴奋的气氛中，要怎么阻止他们不在走廊上奔跑狂叫？好不容易从忙碌中偷闲的四天三夜，竟然是以“真高兴要回家睡觉”为结束。

愈来愈不期待饭店有真正精致的室内装修之后，我对有一次投宿的饭店，他们花在浴室的马赛克觉得很感动。这家由美国航空公司推出的品牌，第一家饭店在一九四六从巴西开始起步后迅速在世界各地展开影响力。我曾在七个城市投宿过他们的饭店，结论还是，早期的比新建的有味道很多。

虽然这次入住的饭店是品牌的后期之作，在管理与人员的服务质量上都远

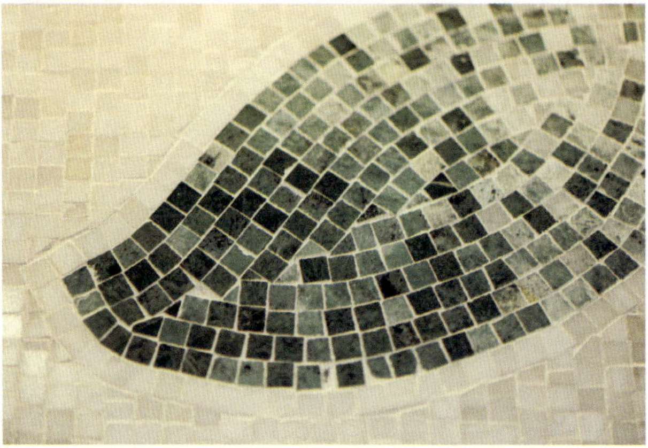

不及其他国家早期所建立的概念与精神，但浴室里那片马赛克拼成的墙面，却让我开心极了。因为这片墙，两年后我再访这个城市时又再度入住。才只两年，有很多设备已经陈旧，房间台灯上粘着一块口香糖，客房打扫时也没有检查到。城市蓬勃的发展，不只饭店人员来不及好好训练，连住客应该有的公共品德也来不及培养。

那片马赛克不知道是否以牡丹或芍药为蓝本，用的是贝壳片染成好几种深浅的红，绿与咖啡色。切片很自然，贴工很细致，跟整齐瓷块所贴的朴拙感很不同，墙上的花就像王维的形容："闲且静，浅复深。"

走到睡房，我发现床上也挂了一幅三分开放的牡丹图。那一晚，我不禁怀想，在遥远的年代，在牡丹花开花落那二十日，一城之人皆为之若狂的是什么样的盛景。

天地宽，日月长

旅行让人更常想起缘分的事，如果不是因为旅行，我们不会跟那么多原本陌生的人萍水相逢。当然，相逢后的人多数也不会因此而变成朋友。在旅途中有缘擦身而过并没有变成朋友也不遗憾，遗憾的是因为受到干扰而争吵起来或暗地埋怨对方。

经验中，人跟着团体旅行的礼貌总没有单独旅行时那么的周到。当旅客有不同感受的时候，谁来协调彼此的希望？我还是觉得作为主人的店家应该要为自己的原则而付出维护的心力。有时候我无法分辨到底是因为消费者意识抬头，店家不敢得罪客人而无视于准则被破坏，还是店家对美感的标准已经下降，因此不再维护自己宣称的风格。

一九九六年到二〇〇〇年是我第一次住曼谷，那几年，朱拉隆功路、昭披耶河上的东方饭店是我们很喜欢去的地方之一。有一次，我们与一位途经

曼谷的朋友约在那里会合用餐，抵达大厅时，黄昏的弦乐四重奏正开始。朋友笑着跟我们说，他刚刚因为闹时差而在椅子上打了个瞌睡，被大厅经理客气地叫醒。我想象那画面，觉得很好笑，也很“东方饭店”。

“美”对一个饭店来说当然很重要。在十年前，一个自认为够好的饭店，绝不会让行李破坏大厅的美观，但现在，许多五星级饭店用大网罩着行李搁置在角落，允许团体游客大声喧嚣，真是零乱失度。我更不解的是，有饭店在水边穿廊上摆一排懒骨头椅，让游客大咧咧地躺着看书或午寐。如果，那是在一个特定的角落也就罢了，偏偏穿廊是房客从餐厅回客房的必经之道。每次走过这些人的身边，踩在那段大红地毯上我都走得特别急，感觉自己冒犯了低躺在脚边的他人，也被他们伸足大躺的四肢冒犯。

有时候我会更仔细地思索，冒犯到底是一种什么样的心情？当不得不相处的两方，有人并不感觉，但另一方却很介意时，这些礼貌又该怎么才能达成比较愉快的共识？

记得有一年在日本温泉区旅行。尽管裸汤区因为卫生的问题而不准围着浴巾下水。但是，多数人的举止都很含蓄，这种含蓄维持了陌生人之间的一种信任，跟非礼勿视，非礼勿听一样的安全。

我在汤池与沐浴区活动时，先是听到断续传来熟悉的话语声与一阵阵笑浪，往更衣处去的时候，才看到四个年轻女郎在过道上大声笑谈。我因为从来没有想过要参加天体营，所以不知道她们这样无视于大家存在的坦然有多愉快自在。我也不记得她们的身材好不好，只感觉那种态度与气氛有点粗鲁。好像她们冒犯了的是大家心中的默契。

另一次不愉快的经验是在一个很美的游泳池畔。那天我没有下水，躺在池边的藤椅上看书，享受徐徐吹来的海风。

不久，我就败阵而逃了，只因为池中唯一的一对戏水者在池里大演恩爱剧。那娇嗔哧笑声音之大，让人觉得应该把整个泳池都让出来给他们才对。

让出游泳池的经验不只是为这样热情焚身的情侣，也有过几次是为了尖叫喧嚣的孩子们。孩子们玩得兴奋时难免会尖叫高喊，那样单纯的热闹并不讨人厌。但愈来愈常见的是，他们不分时地的争吵与奔跑。常常，父母也只是从岸上调停责骂。我最后决定快游两趟后就回房工作，事实上在池中，我也快不到哪里去，孩子们不守规矩地满池横窜，我并没有太多的自在。

问题就在，每一趟旅行对于每个人的意义都是一样“难得”。我们从自己的百忙中特意挪出的难得，也是别人想要珍惜的偷闲时刻。大家都希望出门能愉快，也偷偷希望游泳池单属于自己，餐厅最好不要人太多。所以，在这个大家都想出门却彼此不能不靠近的旅游时代，也许只有在我们想到“世界不是只有我”的时候，天地才会真正宽。

民族主义与旅行有感

要定义“民族主义”并不容易。但是，每当谈论起旅行，许多人以国族来界定行为标准的意识形态，或无意中透露出他们觉得哪一种民族或国家的人“只配”哪一种待遇的表情，总会让我想起“民族主义”定义中偏狭的一面。

就坦言说说我们跟中国内地旅客的爱恨情仇吧！我所听过的评语，没有人喜欢他们在旅行中的表现；但只要一谈起经济远景或市场发展，又没有人愿意失去他们如长江黄河一般的可大可长。很多人用带点揶揄或自己都不知晓的轻蔑称中国内地旅客为“阿陆仔”，我一直都不知道，那他们心中是怎么定义台湾人。直到前不久发生台湾跨海诈骗集团被逮捕的事件时，我才在香港的晨报上看到对照于“阿陆仔”的称呼叫“湾湾”，报上那个顺口溜是：“十个湾湾九个骗，还有一个在训练。”说到信手拈来，脱口而出的才华，我对中国内地旅客的反应真是亲有见识。有一年在佛罗伦萨的一家店里，中国内地旅客结账时不断插队，他们自己带头的人提醒着：“排队。”我听到有人不费一秒就应声讲出押了韵的拒绝：“不排队，时间宝贵！”心里从气转为笑，又转为自己心里头的嘀咕：“你宝贵，我也宝贵！”只是，再怎么说，在用词上，总是东施效颦了。

我觉得中国内地旅客外出时造成大家不好的印象并不是很难改善的，它需要的是透过政府强而有力的倡导与教育，要在本国内就以生活习惯为检讨，才能快速得到改善。但我所看到最不好的现象是，中国有知识并且有经济力、有影响力的人都看不起同胞。他们不愿意真的把力量花在国人身上，倒是很强烈地表示鄙夷和此处不可住的抱怨，也都在中国以外寻找自己理想的生活环境或文化亲近。而关系最近的台湾，又只是全力批判，把所有的怒气都用来合理化旅游质量下降的原因。提供服务的心情很复杂，在环境中受影响的人更复杂。总之，中国开放旅游与现代人休闲意识抬头加总而冲起的人潮浪头，打得大家头昏眼花。这一笔在质量上无法向前的糊涂账，公说公有理，婆更不示弱。

我不喜欢大家用整体来概括个别，并忽视条件的态度。理由是，我算是很早就有出国的经验，对旅游时，各国族相处的情意改变有所体会。三十八年前我大一，母亲带我游北日本，那十天，我也感觉到台湾团体旅客跟今天团体大陆客一样受到轻视。记得那个时候，还有很多饭店的冰箱都有钥匙，也曾发生台湾旅客用毯子把房间的电视打包走，一箭双雕的偷窃事件。那个阶段，当然因为大家是来自同一个社会而同感蒙羞，但并不认为彼此敌视、用低品质来制裁游客是一种合理的态度。

今年，是我第六次游卢浮宫。尽管从一九九六年我初次到访香榭丽舍东侧端的卢浮宫到现在，参观的质量愈来愈差，但从没有一次我心里想过："我不要再来了！"或"这里的馆长应该像一个普通游客一样，被关在里面几个小时，了解自己馆内的质量。"因为卢浮宫里有我最喜欢的胜利女神。但这次，三天徘徊在卢浮宫，看着旅客们无奈地接受着一切，心里难受极了。我在最后一天决定带走礼品店里那尊最大的复制品。她很重，打包起来也很大，那巨大也同时象征了我告别时心情的沉重；任何一个不认同商业如此淹没生活的人的感受。

犹记贝聿铭因为设计华盛顿国家艺廊东厢而更体会到参访者不同的需要。这经验使他在设计卢浮宫时特别重视"粮食空间"——肉体的与心灵的。餐厅、简易自助餐厅、宽敞的书店与商店。贝聿铭设计了吗？是的，这些美丽都曾经在卢浮宫存在过。只几经变易，每一寸可利用的空间都贡献给更有利润的商业机会。如今无论提供给心灵或身体的空间机能，都无法应付访客的数量，更别提"享受"。不吃不喝大概还是多数人能忍耐的，上洗手间却是身体的基本权利。卢浮宫大排长龙的身体焦急与洗手间里厕纸凌乱一地的情景，大概是他们把这个问题怪到哪一国人身上都行不通的说法。那些在雨中排队等着进入的访客撑着伞站了一两个小时后进入室内，

有些人只好在洗手间里擦干身体，甚至烘鞋，如果不是因为一次次看到同样地地方快速地退步，我责怪的心会朝向访客。但在钱可以买到另一种进场方式，更多钱可以解决基本问题时，我对一个官方网站还是如此美丽，活动愈办愈多，高墙上却堆积着灰尘的卢浮宫，有了不同的看法。

最难过的一天，是在出口前不远处的付费洗手间看到大排长龙的旅客。五颜六色的厕纸是这个空间的噱头或我该说“创意”，只是人龙中的心情却无法被七彩的斑斓鼓舞。因为，排队的人完全无法了解如何付费，如何轮流进入，他们面面相觑之后又彼此咨询，而几个管厕所的法国人怒目以待，只以手势鄙夷着他们全然的不对。

在那一眼里，我所看到的不是非洲人、白人、中国内地客或台湾人的差别，他们就只是一群需要上洗手间，也愿意付钱，却因为没有丝毫人心善意而慌张不知所措的“人”。

也在那一眼里，我发现我在一个典藏丰富的艺术空间里，看到的竟是人与人之间不该产生的失望。

后记

旅行是我实际阅读生活的方式

对我来说，阅读是生活中最突破时间与地理框限的旅行；而旅行，则是我实际阅读生活的一种方式。这本书的感想积存了很久很久，直到前不久的有一天，在一场与天下文化的朋友们谈话时，它突然就从酝酿的心中开了坛，又拣挟上盘，变成了一本生活书。整理完多年来这些旅行杂记后，我更相信，人人的心中都有一个跟我一样的深坛大瓮，正发酵着自己从旅行中所得到的心得，转化着生活的思想。

有一位朋友曾在送别时对我说："要出发的人，总是比留在原地的人让人羡慕。"回想这句话，时间已匆匆一过二十年，出发与停驻，究竟哪一者代表了欣然，我们自会从生活的领悟索取到所需的答案。李白诗里那幕"欲行不行各自觞"的真实，中年以后的我才懂得比较透彻。

我希望自己以管窥天的私想，不要冒犯天地的完整，因为，在旅行中，我不断对这个世界愿意这样紧紧环抱着我的温暖和宽广，充满了感谢！